桑妮——著

做芳颜傲骨的女子

江苏凤凰文艺出版社
JIANGSU PHOENIX LITERATURE AND
ART PUBLISHING

目录 CONTENTS

唐瑛
明媚如水，美人最懂如何爱自己

自古红颜多薄命，然她却打破了所有关于美人的诅咒，富有、美丽、时尚、有才情的她，是名媛的翘楚、时尚 icon、爆款女王。风生水起，艳光四射里，爱自己是她谨念于心的信条。由是，"舞低杨柳楼心月，歌尽桃花扇底风"，她摇曳着身姿，美了一辈子。

严仁美
如花美眷，她之绝代风华

她，是美人，亦是佳人，倾国倾城、绝世而独立。岁月如流，叠影深深，风刀霜剑，她每每都可跋涉而过。是聪慧所致，亦是通透所致。是如，上海笙歌里，皆是她的绝代风华！

杨绛
优雅一生，质本洁来还洁去

她是这喧嚣躁动时代的一剂温润的慰藉。丰盈、清朗、坚韧的她，让人看到"活着真有希望，可以那么好"。她是最贤的妻、最才的女。盛世风华，淡泊如水，安之若素，优雅一生！

于凤至
因为懂得，所以慈悲

爱上汉卿，是她一生的劫。"平生唯一爱女人"的男子，给她的是一池冰凉。她的一生，就此薄如蝉翼，如履薄冰。终因太爱，慈悲放手，成就他和另一个女子的爱情传奇！

张充和
颜如画、人若诗，她是民国最后的才女

美如一块碧玉，她让世人看到一个女子的温润美好。是才女，亦是名媛。"一生爱好是天然"，故而，她将一生光阴付诸在最美好的人、事、物上。就此，她的百年人生沉静从容，若画、如诗。

张幼仪
爱自己，才要如鲸向海、似鹿归林

百转千回的人生里，于爱里她曾是一把扇子，炎热堪用，秋天见弃。时光叠叠错错里，她于被弃中放下爱却不放下自己，以荡气回肠的逆袭人生告诉世人——风花雪月从来都不是一个女人的全部。爱自己，才要如鲸向海、似鹿归林。如是，人生修行中她终得圆满！

孟小冬

冷冽，飒，奋不顾身

冷冽，飒，奋不顾身，是她声色犬马人生里的标签。

台上，繁花似锦，台下，灯昏歌停，

浮华一生也不过是盛世里的曲终人散。

她，始终是爱情里那一道孤清丽影！

不过，在起承转合里她断然活成了一个傲骨的传奇！

"我要么不嫁，要嫁就嫁一个跺脚乱颤、天上掉灰的人。"

她倔强冷冽地站在那里，一方戏台，她绝世的唱腔，唱就万千戏梦人生，亦唱就自己的半世峥嵘、凛凛傲骨。

她，爱得奋不顾身，情断得亦奋不顾身。

她，用自己的真性情，成为世人注目的传奇女子。

台上，她是铮铮铁骨的七尺男儿；台下，她是骨子里飒爽、傲然又果决的坚韧女子。

人生如戏，命运弄人。

一出花团锦簇的《游龙戏凤》，成就她和他的良辰美景。任她在台上是调戏王宝钏的薛平贵，在俗世现实里也只是个为情所伤的女子。所幸她傲气加身，在《大公报》头版连刊三天分手声明：

"旋经人介绍，与梅兰芳结婚。冬当时年岁幼稚，世故不熟，一切皆听介绍人主持。名定兼祧，尽人皆知。乃兰芳含糊其事，于祧母去世之日，不能实践前言，致名分顿失保障。虽经友人劝导，本人辩论，兰芳概置不理，足见毫无情义可言。冬自叹身世苦恼，复遭打击，遂毅然与兰芳脱离家庭关系。是我负人，抑人负我，世间自有公论，不待冬之赘言。"

字字句句，皆透着她的飒爽与傲气。

自此，她和他的情缘只成追忆。

自此，她的生命中再无梅兰芳三字，她的后半生里只有杜月笙。

于她，杜月笙是她的救赎。

多年后，听她唱"我正在城楼观山景，耳听得城外乱纷纷"，依稀穿过时间的荒野能看到她在那儿。

——莞尔一笑，眼底尽是清澈的冷冽与明丽。

* * *

孟小冬出身梨园世家，她七岁开蒙，十二岁挂牌公演，宿命必然里定是个"角儿"。

孟家三代出了九位京剧名角，祖父孟福保，清同光年间的红净名角；父亲孟鸿群，曾给"伶界大王"谭鑫培配戏；叔叔伯伯们，亦是当时响当当的角儿。如此耳濡目染下，她对演戏自然有着天然的好感。

起初的起初，父亲是反对的，"下九流"的行当，男子都难混，何况小女子一枚。

所以，给她开蒙的并不是父亲，而是姑父仇月祥。

跟姑父仇月祥学唱老生的她，十二岁首在无锡登台，一曲《逍遥津》即获满堂彩。舞台之上，英姿飒爽，雌雄难辨，任谁也猜不出刚刚的老生是位女子扮的。如此的她，天生就是为戏而生的。

据说，当时盛况了得，"每晚卖座极盛，后置者几无插足地"。

十四岁，她登上上海乾坤大剧场和共舞台，其风范与同台的粉菊花、露兰春、姚玉兰几无差别。她，开始走红于十里洋场的上海滩。

十八岁，是孟小冬人生的转折点。

这一年，她北上京城登台，一炮而红。

时年，剧评人薛观澜曾如是将小冬赞誉：小冬，与美貌著称的雪艳琴、路素娟等十位坤伶相比，结论是"无一能及孟小冬"；"燕京散人"则如是说：孟腔"在千千万万人里是难得一见的，在女须生地界，不敢说后无来者，至少可说是前无古人"；梅花馆主更是撰文说她："扮相俊秀、嗓音嘹亮、不带雌音，在坤生中有首屈一指之势。"

如是的小冬，年华正好，生就一副冷艳的气质，加之多年的戏台经历，早就体味世态炎凉，气质里还透出点儿淡淡的忧郁。

这样的气质，是独特的，亦是气场十足的，令人一见难忘，再见沉醉。

迷恋她的《天风报》主笔大风，即称她为"吾皇万岁"，美曰"冬皇"。

就此，"冬皇"成了风华绝代的她的代名词。

确也是，舞台上的她，如"皇"，身材修长，举止高雅，步履间散发着浓烈的气场，她的清雅全然在一双剪水的眸中，淡淡的清冷，柔美又忧郁着，刚烈决绝里可见孤傲和敏感。这样的"男儿"，是最让人迷恋的，更何况舞台之下的她，还是颜如朝霞映雪的女子。

最迷人处还是她的性格，她冷冽，孤傲又倔强，舞台之上男儿的气概，她亦拥有之，清丽脱俗的一如寒夜冷空中最亮的星辰。这样的她，是生动的，立体的，饱满的。

经历成全，岁月磨砺，才成就如是的她。就如当年她要入京的倔强，"情愿在北数十吊一天，不愿沪上数千元一月"，是角儿，都会入京，是行规，亦是铁律。她，亦是要不服输、不认命地去。

于女子而言，只有美丽是花瓶，如她这般有性格，才丰盈、迷人。

所以，当爱时，她可以爱得决绝而奋不顾身，势如飞蛾扑火，而无后怕；当不爱时，她端的不知何为妥协，彪悍而孤绝地离开，一如爱时的飞蛾扑火之姿态。

宿命里，她的性格也让那段"只是当时已惘然"的爱情，有了注定的悲凉。

如是，性格决定命运，在她身上演绎的是这般的断然。

＊＊＊

姻缘宿命天定，有时不得不信。

诚如，小冬和梅兰芳这段风花雪月的缘。

一九二五年的八月，北平政要王克敏五十大寿，在北京第一舞台举办了一场义演。彼时，京城"四大名旦"皆到，梅兰芳和杨小楼的《霸王别姬》，是大轴；余叔岩、尚小云的《打渔杀家》，是压轴。她，是倒数第三出场。

席间，有人提议她和梅兰芳共演一出《游龙戏凤》。

风陵渡口初相识，一个是"羽扇纶巾凌云志"，一个是"回眸一笑百媚生"，就此，成就一段"须生之皇，旦角之王，珠联璧合"的千古绝唱。

看台上，他们入了戏；看台下，戏入了人心。

戏文朗朗，一段情缘深定。

舞台之上，即便她是豪情万丈、独立担当、叱咤风云的伟岸男儿，舞台之下，她亦会因爱变得柔软，温情脉脉，沦陷在他的柔情里。他，在她的遗世而独立的孤傲倔强里看到了曾经的自己，被惊着了般爱上了她；她，则在他的春风得意的成就和声望里看到了心安之处。

只是，爱若戏文，百转千回，他们的爱情遇到了多方阻碍。

最不赞成的是师傅仇月祥，他最清楚小冬一路走来的曲折艰辛，为了爱情放弃正当红的事业断然不值。

再就是梅家的夫人，此时梅兰芳已有两房妻室。大夫人王明华，贤惠体贴，本生了一双儿女，谁知一双儿女不幸先后夭折，就此一病不起，移居香港；二夫人福芝芳，为了延续梅家香火而进门，先后生了一双儿女。

小冬，自是不愿委屈做妾。怎奈，梅兰芳一句："我是过继给伯父的'兼祧'，即兼做两房的继承人，可以娶两房正室。"言语里，许诺她一个正室的位置。

于是，小冬决绝孤执而嫁。

一九二七年，二十岁的她凤冠霞帔地嫁给了"旦角之王"梅兰芳。

洞房花烛、红罗帐中，他们在东城东四牌楼九条三十五号冯公馆缀玉轩，开启了新的生活。

诚如师傅所料，小冬从此隐退，做了梅兰芳的一只金丝雀。

每日里，她弹琴、绘画、写字、练嗓、练身段，只是不见了舞台。于爱中，她是不怨念的。能与仰慕的人结成佳偶，她亦是知足的，朝朝暮暮里的甜蜜亲昵，添茶温酒，一生相依，是为她渴念的生活的底色。

"薄命怜卿甘做妾"，只有骨子里够深爱，才能让她放下自尊，甘做他的金丝雀。

只是，时日渐长，她的果决刚烈、甘愿屈就，换来的却是他的薄情寡义。

那是一个暗恋小冬的戏迷拉起的导火索。那个戏迷听闻梅兰芳将她"金屋藏娇"后，失去理智携枪闯入冯公馆，谁知误杀了出来交涉的梅兰芳朋友张汉举。血案发生，一时满城流言蜚语。

舆论之下，梅兰芳不过也只是个自私平凡的男子，有着俗世男子的得失计较。为了维护自己的公众形象，他冷落了她。

"别再计较爱的真假，都不过一刹那"，歌里唱的最入骨。

红尘之中，他不是舞台之上的那个完美的人。

爱情，有时囿于情深，有时也耽于美色，爱恨得失，他端的会计算。

如此的他，任她再多傲骨，也是不免让她万念俱灰的。可是，多年扮须生坤伶，骨子里烙下太多刚烈，让她无法放下身段去讨好迎合。

如是，他们这段如雪的美好爱情，在落花光阴里凉了下来。

* * *

光阴错，怪往事贪杯。

孟小冬开始深居简出，让自己冷静下来。

若不是后来的"孟福之争"，或许日子会这般散淡地过着。毕竟，在旧时代，她再是傲然，还是没办法利落地从"嫁人随人"的窠臼里跳脱出来。他冷淡了、寡情了，她仍还是没有想过离开的。

可是，命运不放过她。

一九三〇年，梅家大伯母过世。

梅兰芳自小跟随大伯母长大，大伯母与生母无异。于是，按照礼俗，自以为是梅家人的她，剪短发，戴白花，着孝服，前往梅府吊唁。那是她第一次接近梅宅，结婚三载有余，他一次都未曾带她来过。可是，当她正待跨进门槛之时，却被用人生生地给拦下了。

一句"孟大小姐"，生硬地将她拒绝在梅家人之外。

强势且怀有身孕的福芝芳还堵在了门口，敌意满满地说道："梅家门槛小，容不下你这'冬皇'，请回吧，永远别想进来！"

梅兰芳出来了，她以为他会就此领她进梅家。

谁知，当福芝芳嚷嚷着："若是让她进门，我就拿两个孩子和肚子里这个，跟她拼了！"他望了望福芝芳的肚子，怯怯地说了句："小冬，你回去吧。"

这话如此轻巧地说出，不见他半点儿迟疑。小冬彻底寒心了，如同喉间咽不下去的冷馒头，她哽咽在那里，呼吸暂停，一身冰凉。

扯掉白花，她冷漠地转身离开。

她终于明白，自己的丝萝有托已变成如此可笑的奢望；她终明了，自己虽是明媒正娶，但当初的过于简单、不争不辩，终让梅家无一人认可这段婚事。爱情从来纯粹，婚姻却糅杂太多。

是她，过于单纯了。

虽阅戏文万千，但戏中人生毕竟是字墨间的幻影，真实的生活要复杂残酷得多。

越是想越是心寒，于是，在回来的路上，她决定跟他分手。

不爱，就不纠结，十几年摸爬滚打练就的果敢，让她绝对不会落入拖泥带水的漩涡。

即便，她爱之深，痛之切。

所以，当丧事终，梅兰芳追至他们的爱巢时，她冷冷地用一扇门将他隔开了。听着门外急如雨落的敲门声，她是冷着一副心肠不开的。

雨中一夜，他撑着伞等在那里，她始终没有去开门。

能与梅郎雨夜决断，是为她特有的骄傲。

不久后，她就登出那则声明，一句"是我负人，抑人负我，世间自有公论"将所有曾经交付世间。

不再说什么，也不想说什么，不爱了就是不爱。

就此，她脱下凤冠霞衣，油彩抹去，大红幔布拉上，将她和他的这出折子戏，闭上。

这以后，她视梅郎为陌路，一生再未与语半句。

* * *

纵是一代名伶，舞台之上一腔孤胆，摘下须髯卸了妆，仍还是一介小女子。

经此情殇，小冬痛不欲生，她曾绝食，亦曾因此生病，后来甚至一度避居天津皈依佛门。

所幸，前方还有余叔岩在等待接引她。

余叔岩，京剧界惊才绝艳的角儿，一代宗师，在小冬的心里，若是有朝一日可身列余家弟子门墙，她这一生便无憾了！也是，没了情感所系，她爱的戏剧才是生命的唯一。

几经周折，她终夙愿得偿。

一九三八年，在北京泰丰楼孟小冬正式拜师余叔岩，成为其关门弟子。从此，她于一个眉眼、一个手势，将字、腔、音三者熨帖融合，臻于化境。她这样一个刚烈的女子，彼时忘却"冬皇"的虚名，忘却前尘过往，只认认真真地做一个余派弟子。

就此，她成了京城第一女须生，事业成就不可同日而语。

一九四三年，余叔岩离世，小冬"为师心丧三年"，故而三年没登台演出。

人言"青衣薄幸，戏子无情"，于她却不然，戏里戏外，她都做得有情有义。

作为余派传人，孟小冬最精彩的亮相是在一九四七年九月的"杜月笙六十华诞南北名伶义演"中。一出《搜孤救孤》，唱得句句珠玉、扣人心弦，如阳春白雪，调高响逸，一时盛况空前，传为绝唱。

至此，她已完全确立了自己"中国京剧界首席女老生"的地位。

然而，她从未想过自创一派，始终甘愿将自己隐匿于余叔岩的光环下，这是她对师傅的尊敬，亦是她的有情有义。

只可惜，她往后的荣光，完全被收拢于杜公馆。

"我要么不嫁，要嫁就嫁一个跺脚乱颤、天上掉灰的人。"小冬曾说过的，果不然与她的半生胶着的就是这样的人。

他的名字，叫杜月笙。

这个当时的黑帮第一人，之于那时的上海滩，是如戏文里的架子花脸，骨子里透出邪气与霸气。

不过，之于她，却是她生命中待她最温情的一个。

其实，他识小冬于微时，彼时小冬是红角儿，他是她的头号大戏迷，多年里他曾万般洞察她的消息。

所以，当她和梅兰芳曲终缘尽时，他为她出面在她伤痛的婚姻上争了一口气；最后一纸离婚的契约，是他从旁佐证；师从余叔岩，老派梨园规矩多，上下打点的亦是他；她在上海患病，四处求医未果时，他火速接名医孔伯华来沪将她医好；时局动荡，她无依无靠，漂泊伶仃时，他担心她的安危，于是写信让她来香港，只因香港有他，可以在动荡中保她平安。

他经年的敬重体恤，细碎的关爱呵护，于感性的小冬而言，不是没有感觉。

二十年间，他之于她全都是情深义重，怜惜她甘苦，体恤她漂泊，始终润物无声地爱慕着她。

如是，感念于心的小冬决定在余生与他相伴。

而此时，他已暮年，终日缠绵榻上。然，她感念他之情深，素衣侍疾始终陪伴在侧，不争亦不抢，只静静地守着他一人。

只一次，小冬说了一句为自己争辩的话。一九五〇年，杜月笙有意举家移居法国。出国前夕，一家子都在数着要办多少张护照时，她淡淡地说道："为跟着去，算丫头呢，还是算女朋友呀？"

终究，还是争了。尊荣富贵、平淡萧条，她都可以不在乎，然而名分始终是她的死穴，一辈子迈不过的坎。这句话，原是她说不出口的，但是，在那一刻或许她又想起了梅兰芳，他婉转地描了眉，敷了胭脂，轻提了嗓，唱一句"妾身未分明"。

就此，把她拉入无底深渊。

他猛然惊悟，于是，当众宣布：赴法事暂缓，马上成婚。

这一年，美人已迟暮，枭雄已非盛年。

小冬四十二岁，他杜月笙六十三岁。

可是，对她而言此生已足够，踽踽独行几十载，冷暖自知。他知她，懂她，爱她，不舍得她受一点儿委屈，让她卸下伪装，泪雨滂沱。

从今以后，她将只为他一人散尽万千柔情。

＊＊＊

人生，如戏。

短的是戏文，长的是人生。弦索胡琴，不能免俗的是死别生离。

结婚一年后，杜月笙病逝。于过尽千帆的小冬而言，亦习惯了别离。只是，这世上，自此再没有人知她、懂她、爱她。

那一年，她四十四岁。

此后，沧海桑田都过，人世浮华俱远，她选择脱离红尘俗世，独守宁静。寡居，未曾再嫁。人道，杜月笙有情，孟小冬有义，其人间冷暖只自知即可。

暮年，孟小冬一人独守寂静，闭门静养，定期去法华寺念佛诵经，唱念做打只演给自己一个人看。

曾经，她和梅郎还有过一面之缘。

在香港转机，他专门抽了时间去看她。只是，前缘成梦，一切都已无可说，亦无须说。经年时光流逝，往事再不可追忆，她未语，他也只一句好久不见。

红尘有爱，情深缘浅，他不知道在她的卧室里只摆放了两张照片，一张恩师余叔岩的，一张就是他的；她亦不知，她演的两场《搜孤救孤》，他在家里听了两次电台转播。

曾经沧海，情爱过往，皆成旧年烟花，诚如孟小冬常说的"只是一切都过去了罢"。

在闺密姚玉兰的帮助下，孟小冬从香港前往台湾，度过了自己最后的十年。

一九七七年，五月二十六日，一代"冬皇"孟小冬离世，为她爱憎浓墨、泾渭分明的一生，画上了句号。

董竹君

人可以生如蚁，而美如神

生如蚁，但一身果敢和霸气，使得她活得美如神。

孤身一人，勇闯十里洋场，亲手缔造一个又一个传奇。

坚如磐石，她始终是个清醒而理智的人。

生活中如是、婚姻中亦如是。

她这逆袭的一生，展现的是一个女子最好的活法！

"我从不因被曲解而改变初衷，不因冷落而怀疑信念，亦不因年迈而放慢脚步。"这是董竹君说过的言之凿凿、澄明清澈的话语。

她出生贫民窟，为生活所迫，十三岁不幸沦为青楼卖唱女。

不过，岁月亦厚待于她，十五岁便出落得冷艳出尘的她遇到革命志士夏之时，用智慧逃出魔窟，并嫁他做督军夫人。

涅槃，重生。

只是，人世间事最难都如意。

静好的日子没过多久，志向高远的夏之时因仕途不顺沉沦到了封建世俗中，变成男权的、迂腐的、陈旧的人。

上海这一方水土，练就了董竹君的铮铮傲骨，不苟且、不退缩、不屈服。面对如此丈夫，她毅然放弃荣华富贵，决绝离开。

彼时，她才三十四岁，用离婚捍卫了自己的尊严。净身出户，还独自抚养四个年幼的女儿，她成了轰动一时的"娜拉"。

就此，属于她的华美人生缓缓开启。

在创业失败中兜兜转转，董竹君终于创立起一家传奇的"锦江饭店"，不仅养活了自己、女儿、老父亲，还将四个女儿个个培养成才。

所谓，巾帼不让须眉，正似她这般。

一身傲骨，赤手空拳，一个弱女子在风雨如磐的上海滩开辟了一份属于自己的事业，没有依靠任何男子的帮助，全凭的是自己。不得不说，她创造的是一个白手起家的神话。

在青楼，看尽人间冷暖；到离婚，独自养活一家老小；从一无所有，到成为盛名的商业大亨……

董竹君这逆袭的一生，向世人展示的是女人应有的活法。

即坚韧、不屈，于澄明清醒中始终做闪闪发光的自己。

如此的她，怎能不让当下女子"高山仰止"般地仰望之呢。

* * *

一九〇〇年，董竹君出生在上海洋泾浜的一个贫民窟。

不过，童年时光亦好。

父亲是拉黄包车的苦力，母亲很辛苦地做粗活帮补家用，然而，他们对她的爱至深。

个中缘由，是家里太过贫苦，孩子接二连三地夭折，最后只剩她一人。故而，她得到了父母所有的疼爱。

他们想尽办法筹钱让她读了私塾，希望知识可以改变她的命运，不至于如他们这般贫苦。

可是，贫贱家庭百事哀。

董竹君十三岁那年，父亲突然病重，母亲也丢了工作。一下子，生活陷入泥潭般的困境。收入分文没有不说，父亲看病还借了一大笔高利贷。如此状况下，一家人都到了无以喘息的地步。

怎么办？

人，总要活下去。不得已，父母决定让她先退学，抵押到高级妓院做艺妓，即不卖身只卖唱。期限三年。

就此，她沦落风尘。

彼时的旧上海滩，有高级妓院"长三堂子"，时年称"书寓"，是妓院中最高等级的，装修富丽堂皇，来者非富即贵。这里的姑娘，貌美如花外，个个技艺精湛，琴棋书画样样精通。

在这里，还有这样的规矩：姑娘未成年不接客。

事实上，也是有目的的，妓院老板是要等到卖唱的姑娘红了，接客时可以开出更高的价格。

董竹君，入的就是这样的高级妓院。

十三岁的董竹君，顶着"杨兰春"的艺名，成了"书寓"里卖唱的"清倌人"。

董竹君出落得清丽出尘，还有一副难得的好嗓子。妓院真的是捡到了宝。每每登场，花容月貌，很快她就成了堂子里的头牌，艳绝一时。每日里有数不清的客人为她而来。

她见之，不喜亦不悲，冷着一张脸，唱自己的。

这样的她，有了"冷西施"的别号。

她，穿着当时最时髦的黑纱绣花夹衣裤，紧口的黑缎鞋，梳当时最时髦的剪刀式刘海，手腕上还戴着一对水金花式手镯。这装扮是她从未曾有过的富贵，可是她心中充满悲痛。

纸醉金迷下，她想的最多的是如何逃出去。

恰那时，老鸨觉得她红，便给她专门配了一个用人。用人姓孟，是个知书达理、颇有见识的人。董竹君亲切地叫她"孟阿姨"。

孟阿姨细心地打理她的起居，亦婉转地将多年见闻说给她听。孟阿姨认识到堂子里的万恶，更希望她可以脱离这苦海。所以，跟董竹君在一起的日子里，孟阿姨始终循序渐进地引导着她，像一个贴心的长辈。

艰难时刻遇到一个"孟阿姨"，于董竹君真是天意眷顾。

也是，似董竹君这般红的头牌，不会有哪个妓院愿意轻易放弃的。他们会用各种黑暗手段，让董竹君脱不开身，最终沦为他们的挣钱工具。抵押期算什么，一纸虚无罢了。不认账、栽赃，这些手段他们最是擅长。

在孟阿姨的引导下，董竹君在心底暗暗留了心眼，刻意寻找可逃的机会。

她终于明了，明了未来的一切，得由自己来掌握！

＊ ＊ ＊

拨开历史的尘烟迷雾，依稀可见董竹君着一袭旗袍，华丽重生。

迎来送往，秋月春风过，一转眼，董竹君在堂子里已有两年之久。身体的日渐妩媚丰饶，让她的惶恐日日增多。她深知，若是还不能逃出这魔窟，或许这一辈子都难以逃脱了。

真好。

恰这际，一个人出现了。一如张爱玲笔下的"于时间的无涯荒野里，没有早一步，也没有晚一步，刚巧赶上了"。

初见，她即知晓他是自己苦苦寻觅着的人。

青年才俊的他，谈吐风雅，在一群人里很是与众不同，出尘脱俗。一见，她即倾心。

在一群花枝招展的红颜里，他始终岿然不动，自顾听歌品茗。

原来，他即是名噪一时的四川督军夏之时，为避人耳目，故意躲到青楼的。所以，所有香艳都无法入他的眼。可是，董竹君的歌声让他心惊。音韵里，透出了荒凉；容颜里的冷冽、清丽，让她如此的不同。一抬眼间，他亦对她心动了。

爱，于有情人眼里，最不容易逃脱。

眉目传情里，他们知晓了彼此的心意。剪水双眸，深情脉脉里，两颗心渐渐靠近。

时日里，情意真，夏之时欲为董竹君赎身。

董竹君却拒绝了。

风尘里浮沉，能有人赎身是为希望，可是，她不想自己成为谁的依附。所以，她说："哪天你不乐了，你会说你有什么稀奇呀！你是我拿钱买来的，我该情何以堪，何故与你共处？"

是的，她不需要他用钱来赎自己，那样会轻了自己。

她需要的，是他能接纳逃跑出来的她，即可。

时机到来，袁世凯要悬赏夏之时的人头，他不得不藏身于日本租界的旅馆内。于是，在一个深夜，董竹君在孟阿姨的帮助下丢弃所有细软，灌醉保镖，从妓院逃了出来，直奔他的怀抱。

见到她，夏之时感念至深。他决定向这个决绝的小女子求婚。

烟花柳巷里，上演过太多的逢场作戏，所以，董竹君向他提出了三个约定：

一、我不做小老婆。

二、你要送我到日本求学。

三、将来从日本读书回来，我们要组织一个好的家庭。你嘛，管国家大事，我可以从旁帮助你，管理家务，愿意做你常提到的贤内助。

于董竹君，爱亦真，尊严亦不能丢弃。

在爱里，她会用情至深，但绝不盲目。她需要的婚姻，是平等的，是相互尊重的，这亦是她的毕生坚持。

彼时，夏之时懂她，亦答应了她所有的要求。

两周后，他们在松田洋行举行了婚礼。那时，她穿白纱，美得不可方物。

几天后，十五岁的她和二十七岁的他，一起前往日本。

就此，她涅槃重生！

＊＊＊

日本，这个泛着樱花香的国度，给了董竹君学识，亦给了她见识和审美。

多年后，她以此为养分，自强地度过事业上的诸多坎坷挫折。

初到，他们是朝朝暮暮里尽见浓情蜜意的。

夏之时为董竹君专门请来家教老师，教她高等师范学校的课程。聪明、好学、勤奋的她，仅用四年时间就修完了所有课程。

不久，他们的爱情结晶降临。

生活，眼见的安稳静好。

只是，暮色四合里暗黑会来临。诚如他们的那段时光，像所有的日常夫妻一般，日日相处里摩擦四起。

原来，在他心底始终有一份对她身份的介怀。烟花柳巷里的女子，与夏之时而言始终写着"露水"二字。所以，好些时候他会处处留心，暗暗对董竹君起各种疑心。尤其是当袁世凯去世时，夏之时由日本返川，临走时他刻意留了把枪给董竹君，一作防身之用，二来则是告诫董竹君，一旦她做了对不起他的事，就用这把枪自尽。

一语之下，她的心凉了。

他，和世间风花雪月的凡俗男子原来别无二致。是她一直将他看高。而他，一直在看轻自己。

回到家后，夏之时还速速让自己的弟弟来日本。

名义上是照顾，实际上是监视。

在风尘里摸爬滚打的几年里，她早已看清世相，知晓男子的真心如同柳絮飞花，稀缺而不可握到手心。只是，未曾想到这么快，自己就看到他的真心全无。

由此，他们的婚姻里有了第一道深深的裂缝。

接下来，日子没有变得更好。

因为公公病危，她被他要求放弃去法国深造，带着孩子们回来。

不得已，董竹君带着孩子们回到了他的老家四川合江。在这里，他们之间的裂痕更深。

大户人家的夏家，根本没把她视为明媒正娶的夫人，排挤、咒骂是常有的事，甚至他们商量着给夏之时再娶一个门当户对的人为妻。在他们眼里，董竹君身上青楼女子的烙印是有伤门风的，绝不能做正房。

这个时候，她以为可以看到他的担当、他的保护。然而面对这一切，他让她忍。

秋风起，岁月凉，董竹君知道，她唯有自己强大。

于是，她开始学习技能，一切可以用到生活中的技能，比如缝纫、绣花、洗衣、做饭……帮家里招待亲朋好友，教子女侄子们学习读书，帮总管记账……总之，尽一切所能付出在这个大家庭里。

她的管理天分，在那时就显现了。

夏家很大，诸事繁多，但是上上下下都被她打理得井然有序。

如此的她，终于赢得公婆一家的认可。

在公婆的亲自主持下，他们热闹地举办了一场隆重的婚礼，她终究依靠着自己的力量成了真正意义上的正室夫人。

可是，凝眸处，旧愁刚去，新愁又添。

夏之时突然被革职。原本意气风发的人，承受不了这变故，竟自我放弃起来。每天不是借酒浇愁，就是吸食鸦片、赌博。他成了一个彻底守旧的、暴躁的、消极的人。

喝醉了，会对她拳脚相加；赌输了，会嫌弃她只会生女儿。

那时，他们已经有了四个女儿，重男轻女的他不仅对女儿们不管不问，还极其厌烦她们，动不动就对她们打骂。

董竹君不知道，曾经暖情的人，为何会如此冷酷、如此无情。

她以为他是个新式的人，谁知，他骨子里依旧陈腐，原本的一切都是表象。

曾经的约定、诺言，都成风。

他们的生活，落进冰窟，董竹君眼睁睁地看着爱的余温一点点散去。

只剩，面目狰狞。

* * *

董竹君是懂得感恩的人，念夏之时曾救自己于苦海。所以，她一忍再忍。

可是，世间万事万物，最难揣测的是人心。

她的隐忍，却助长了他的戾气。

一次，为了一件小事，夏之时竟然掏枪威胁董竹君。对董竹君的父母，也越来越不尊重，最后竟然诬陷他们偷他的鸦片。

他，是被堕落彻底泯灭了人性的。

但是，为了曾经的爱情，董竹君还是决定容忍他。董竹君本来把症结归结到没有生儿子上面。可是，生活的狰狞一点点张大，当她终于为夏家生下一个儿子时，事情并没有改观。

夏之时还是那个暴戾的人，并且更为过分。他竟然不让女儿们再继续读书。加诸自己身上再多的苦痛，董竹君不会在意，但是，对于女儿们的学业，她不会做任何让步。她始终笃定地认为：知识，能改变命运。为此，她和他激烈地争吵起来。谁知，恼羞成怒的他，竟然拿起菜刀要砍死她。

这一刻，她幡然醒悟。

自己牺牲再多，都不能拯救这破碎不堪的婚姻了。

于是，董竹君决绝地带着四个女儿离开了夏家，回到了故乡上海。

她跟他，签订了一份分居五年的协议。

签订之日，不见他一丁点儿的悔意，反而冷冷地嘲讽道："你董竹君要是能在上海滩站住脚，我夏之时就用手板心煎鱼给你吃。"

这一句话，就此将她对他残存的最后一点儿爱意和敬意，都化成了烟尘。

五年后，他们正式离婚。

从此，他从她的生命里，她四个女儿的生命里彻底消失了。

曾经，董竹君在离婚协议上写：

一、经常汇些零用钱给孩子们。不要让孩子们长大成人，只知其母不知其父。

二、天有不测风云，人有旦夕祸福，我若有个意外，请求夏之时念儿女骨肉，夫妻多年情分，继承我的愿望培养她们大学毕业。

但是后来的岁月里，她们从未收到过他的一分钱，若是要发生其他的，估计他也是不会管的。

也罢，生活是自己的，闪光与否都是靠自己努力争取的。

董竹君从不纠结这些。

离婚后她想的是如何养活一大家人。父母年迈，孩子们年幼，她要扛起所有的生计。起初的起初，她是出入当铺，衣服、首饰都一一典当，可是难免坐吃山空。

孤绝中，她想到了自己还略擅长经商。

在日本学习的那些年，她亦积累了不少理论。于是多方筹集资金后，她大胆地创办了群益纱管厂。她亦成为上海女子创办工厂第一人。只是，乱世之中没有安稳可言。

一场战役，厂房就毁于炮火之中。

这时，夏之时落井下石写信来羞辱她。

"不成功便成仁"，这是她的信条。于是，董竹君再次勇猛上路。

谁知，接下来发生的一系列事情更是不幸：她因发表过抗日言论，被租界探子陷害而进监狱，被关押了四个月之久，在多方营救下才出来；接着，母亲去世；接着，父亲病重。

幸而，否极泰来。

四川人李崇高，听闻董竹君的事迹，钦佩她是女中豪杰，于是资助她一笔钱。不为其他，只为他们一家可以平安生活。在他的诚恳说服下，她接受了这笔资金，力排众议，重整旗鼓开了一家川菜馆。即后来名震一时的锦江饭店之前身。

诚如人言，有些人的脊梁是不会被压垮的，反而会于坚韧之中，从一寸寸冰封的土地里，生根、发芽。

一如，她。

* * *

位于上海华格臬路的锦江川菜馆，生意很是红火，每日里顾客络绎不绝。看着，会觉得是盛世。

然而，那时的上海，怎一个"乱"字可形容。

黑帮、军阀、战事，每一样落到一个弱女子头上都是灭顶之灾。不过，董竹君始终认同"若做事，必以德服人"，并且也这么做了。故而锦江川菜馆的面貌总是会给人惊喜的。

地道的四川掌勺师父，考究的东西方美学文化，一次性松木筷子，亲自设计的竹子图案餐具……如是等等皆在董竹君的一丝不苟中完美呈现，惊艳那时的上海滩，亦惊艳当时的各色人等。

无论黑白两道，都钦佩于她一介女流的果敢、坚韧。

彼时，杜月笙、黄金荣、张啸林等皆成了锦江的常客，南京政要人物和上海军政界人物也纷纷成为其座上客。董竹君，终以自己刚柔并济的气度，赢得了大家的尊敬和赞扬。

所谓巾帼不让须眉，是她这般。

后来，锦江成为老上海们看重的"十八层楼"；后来的后来，在锦江上演了无数传奇，更接待过一百三十四个国家的五百多位首脑人物；再后来，董竹君将锦江归公奉献给国家。

不求功名利禄，她始终活得自信而独立。

她，亦始终重情重义。当知晓夏之时被枪决时，她虽未置一词，却情意深重。多年里，她一直将他们的结婚照放置床头，她亦未曾跟孩子们说过他半句不好。于她心中，他始终是有恩于自己的人。

岁月不居，时节如流。

她依然乐观坚强地生活，年近古稀，仍在坚持看书写字，七十岁生日之际，还给自己赋诗一首，祝自己生日快乐。

一九七八年，她在北京东城一胡同里安度晚年。

"我从不因被曲解而改变初衷，不因冷落而怀疑信念，亦不因年迈而放慢脚步"，这是她说过的。

"我不向无理取闹低头，对人生坎坷没有怨言"，这亦是她说过的。

是的，她之气度，她之坚韧，永藏于她之骨血之中。

不动声色，不卑不亢。

顾城写："人可以生如蚁，而美如神。"

是如她。

郭婉莹

亦高贵、亦风骨，她是最后的贵族

半生锦衣玉食，半世颠沛流离，她不怨亦不哀，永远仰着下巴，精致、体面地生活；始终温柔地对待自己。

这，是她的高贵，勇敢的、坚持的、信仰的高贵。

亦是，刻在她骨子里的修养和优雅！

法国法学家孟德斯鸠曾说："美必须干干净净，清清白白，在形象上如此，在内心中更是如此。"

郭婉莹，用自己一生的风骨将这句话诠释得淋漓尽致。

也是，人这一生不一定非要荣华富贵，但一定要活得通透、干干净净。诚如她的一生。

出身贵族，蜜罐里长大，住在能容纳几十户人家的大花园洋房。然而，她不曾骄纵过，反而始终高贵着、优雅着，任何时候都不曾失态，始终保持风骨，有修养地过这一生。是精致的活法，亦是愉悦的活法。

所以，当财富不再、地位不再、贫瘠来临、一无所有时，她仍可以穿着旗袍去洗马桶、穿着皮鞋去菜市场卖咸鸭蛋……仍用最简单的茶杯，淡然地享受品茶的风雅……

一如，她说过的："要是生活真的要给我什么，那我就收下它们。"

所以，当遭遇丈夫出轨时，她没有歇斯底里地哭闹，而是选择了用包容来原谅。丈夫得以回头，是爱意，亦是她的大度使然。

当所有的人、事都被颠覆时，她的一颗高贵的心不曾被颠覆过。

她搬到低矮冰冷的漏屋，吃八分钱一碗的阳春面，那又如何？她依然从容面对，穿起粗布衣，做职业女性。日子要过，见人仍要化妆换衣服，还用简陋的铝锅和供应的面粉做西式的蛋糕……

半生锦衣玉食，半世颠沛流离，她从不怨亦不哀，永远仰着下巴，精致、体面。

这是她的高贵，勇敢的、坚持的、信仰的高贵，亦是刻在她骨子里的修养和优雅。

就如他们说的："有忍有仁，大家闺秀犹在。花开花落，金枝玉叶不败。"这是对她的最佳注解。

* * *

Daisy——戴西，是她的英文名字。

译成中文，是雏菊。美好的，有着细小花瓣、纤细枝叶的雏菊，花语是纯洁、坚强，传说这种花是精灵的化身，寓意着努力就会有收获。

回看她经过的一生，恰如其分。

英文名 Daisy 的她，中文名郭婉莹。唇齿相碰时，叫她的中文名字亦有万千婉约与盈满。

她，就是这样美好的一个人，连名字都如此。

生于一九〇九年的她，是个粉雕玉琢的可人儿，粉嫩的小脸、白藕般的手臂、纯洁的眼神，小天使一般，撩拨人心。

她的父亲，是她最早的"俘虏"。

郭婉莹的父亲自她出生就视她为珍宝，捧在手心呵护，给她最好的物质条件，但却从不曾过分溺爱、骄纵她。郭婉莹勇敢、坚定的内在品格，是父亲一早就注意培养的。这样的父爱，才最伟大。也因如此，小小的她自有独立和倔强的一面。

据说，在她上小学时，有同学乱叫她的名字，她为此理直气壮地跟校长说："如果同学不改正，我就永远不去上学了。"

那时，他们还在悉尼，她的父亲是当时名动华人圈的大富商。

郭婉莹六岁时，国内百废待兴，孙中山盛情邀请她的父亲回国振兴国内经济。于是，她跟随父亲来到上海。父亲郭标，就此创办了上海滩四大华资百货之一的永安百货。

在上海，她成了永安百货的四小姐。

所结交者，非富即贵。

最爱她的父亲，虽位居高位、繁忙非常，却从未忽视对她的教育。来郭家的小玩伴，多有小姐脾气，为防婉莹也沾染这习气，父亲刻意每日清晨与爱女有个小约会，即一起去花圃打理鲜花，于潜移默化中让她知晓，人要像花儿一样娇媚，但也要像花儿一样傲骨。

或许日后使她能对待一切的坚韧，就是从此时开始养成的吧！

上海的家是优渥富足的。

他们住一所超级大的花园洋房，吃、穿、用皆是顶级的。不过，小小的婉莹却有了小烦恼。原来，自小说英文的她，在上海是语言不通的。有些时候，她会觉得自己是个异类。

还好，在父亲的安排下，她进入著名的贵族学校——中西女塾。在这座宋庆龄、宋美龄、张爱玲都曾就读的学校，她因英文好而受到格外的宠爱。学校实行完全现代化的教育，不仅学业要求严格，在日常生活方面也很规范，校训更具人生可贵之处。

即：成长、爱人、生活。

郭婉莹在这里学习，掌握了浩瀚的知识，亦培养了优雅从容的举止、淡定豁达的心态。贵族名媛，再不虚传。

彼时，谢婉莹（冰心）正大红，她很喜欢这个名字，于是将自己的中文名取作郭婉莹。

就此，上海的浅斟低唱里，有了郭婉莹的传奇。

* * *

一九二八年，郭婉莹十九岁，貌美如花，又不失婉约高贵。

彼时，她从中西女塾毕业。

在当时，从贵族学校毕业的女孩通常会有两种选择，一是嫁入豪门，二是去国外留学。父亲爱她，不舍得她留学，故而为她选择了一门婚事，把她许配给一个世交家的公子艾尔伯德。

起初，她并未反对。从小到大，父亲给予她的从来都是最优的，潜意识里她并未觉得这次有何不同。然而,这是一桩"见光死"的婚约。

初见,她即知他不是可与自己相伴一生的人。

艾尔伯德这人,毫无情调不说,送她双丝袜,还说:"这种袜子的质量很好,穿一年也不会破。"

哪有少女不怀春,她亦然。

在她的少女心海里,爱情是风花雪月,亦是海誓山盟。哪曾想,会遇到如此不解风情的无趣味的人。

她犹疑了。

若是一辈子与这样无趣的人生活,生活将会多么空洞。

于是,她坚决要解除这婚约,并以死相逼。

一向骄傲的公子哥,咽不下这口气,他拿枪截住要去往北平燕京大学读书的她,央求、威胁,甚至要自杀。面对如此滑稽、无赖的他,郭婉莹只淡淡地说道:"你杀了我,我也不能和你结婚了,你要是自杀,你就永远不能结婚,回家去吧。"

与一身傲骨的她相比,他自惭形秽,灰溜溜地离开了。

听从内心,她从来都在做自己。

她要的爱情,是比门当户对更重要的,是心有灵犀的相通,是灵魂与灵魂的电光石火的碰撞!不然,怎么叫爱情;不然,生活该多么的无趣。

为了追求独立、追求自由,她就这样只身一人去了北平。

在这里,她考取了燕京大学的心理学系,并获得了燕京大学的毕业证和心理学学士学位证书。

更重要的是，在这里她遇见了她的爱情。

吴毓骧，这个儒雅的男子，得到了她的爱慕，真是三生有幸啊！

彼时，他们是同一类人，有同样独立的人格和不屈就的傲骨。

作为林则徐后代的吴毓骧，是风流倜傥、才华横溢的。虽家道中落，但也自有贵族风骨。他母亲的奶奶，是林则徐的女儿，虽年代、辈分更迭，但骨子里的贵族风骨仍在。

吴毓骧说，家里曾给他安排见过一个富家小姐。初见，他给了她三百块让她买些喜欢的东西，结果，那小姐买回来一大堆的胭脂水粉和花布。他一下子陷入泥潭一般，心想着"怎么能与这样的女子成婚"，于是坚定拒绝。

可是，吴毓骧与郭婉莹相见，一个眼神就定了终身。

缘分，真是妙不可言。

有些人，穷极一生或许都无法追求到心爱的人；有些人，一刹那就愿与之相伴终老。

一九三四年，她嫁给了他。

白色婚纱下，是郭婉莹的笑靥如花。

* * *

只是，郭婉莹嫁给了爱情，却没嫁给幸福。

结婚后的第一个早晨，她为他准备了精致的早餐。中西女塾毕业的名媛，个个都是完美贤惠的妻子，她亦如是。

可惜，他不是完美的丈夫。

十九岁，考上庚子赔款公费留学生的他，留过洋、做过外企职员，思想开放又为人风流。在她给予了他更富足的生活后，每日他都穿着笔挺的西装徜徉在上海的十里洋场。

更甚，他还出轨爱上了一个寡妇。

这寡妇还不是外人，而是郭婉莹一个故交。如此情殇，让人难堪。

如此男子，于任何女子都是钝挫的伤。

温婉的郭婉莹，没有上演"一哭二闹三上吊"的戏码，而是在一个晚上由波丽的丈夫（吴毓骧在清华大学留美预备部时代的同学）陪着，平静地来到那个寡妇家。敲了门，仰着下巴对那个寡妇说："我要找我的丈夫。"然后，将自己的丈夫带回了家。

没有谁知道，那时的她是一种妥协，还是一种绝望。

郭婉莹从来不在任何人面前谈论她的丈夫，也不谈论自己的爱情。

既然不想离婚，那么就宽容他。这是当时的她唯一的决定。所以，第二天她照样起床给他准备精致的早餐，并微笑待他，像什么事情都没发生过一样，为他留足了脸面，为自己留足了体面。

吴毓骧是被这样的她给镇住了的。

从这以后，他再没和那个寡妇见过。他们俩的日子，亦一如以往。

或许，只有她自己知道吧，她的心里就此裂开了一条深深的缝隙，一触碰就会疼的入骨。

然而，也就这样了。

郭婉莹曾说过："我喜欢我的丈夫，是因为和他在一起，很有意趣。"

再说，那时长情而专一的男人是稀有动物，多是三妻四妾的，连最爱的父亲不是也有姨太太。

她记得，有一次父亲的姨太太到家里找母亲，她不喜欢这个抢走父亲的女人，于是站在自家楼梯上冷冷地看着她，等姨太太上楼找了母亲下来之后，她仍还在原处，眼神里全都是冷漠，直到姨太太说了句："你妈妈知道的、要防的，就是我一个，而我要防的，却是所有的女人。"她才心有所动。

爱里常常没有对错，就看自己要的是什么。

所以，后来的后来，她跟姨太太生的兄妹们走得很近。

这亦是她的通透和豁达吧。

晨曦、日暮，执一人手，白首终老，太难。所以，她格外珍惜。

只是，所遇太过凉薄。

"人见人爱"的他，根本做不到一朝一夕的柴米油盐，满眼都是纸醉金迷。当她生二胎难产时，年幼的女儿正在家生着病，他却不管不顾地跑到俱乐部打了一夜的牌。

也罢，这世间太多虚伪的情意绵绵，不怕再多这一桩。

这次，她依然选择隐忍、包容。

满月当空，她只愿有可"并肩观望花好月圆"的人。

＊＊＊

郭婉莹不是依赖着爱情而活的女子。

于是，她不再纠结着将全部的精力，放在家、孩子、丈夫的身上。

她要走出来，做自己，做自己的事业。于是，她和朋友合伙开了一家叫作"锦霓新装社"的服装店，做高端定制的时尚晚礼服。她们的时尚触角敏锐，会经营亦会营销，一时竟也做得风生水起、红红火火。

只是，后来的后来，命运再没那么平顺。

先是因为战乱，吴毓骧失业了；再就是，她的服装店也赚不到钱。窘迫之余，他们不得不一家老小到她的娘家寄居。好不容易熬到战后，熬到吴毓骧开的公司步入正轨，生活步入衣食无忧之境，却迎来了时代的飓风。

那时，她已近五十岁。

她，亦未能幸免。

她，一个蜜糖里长成的女子，要扛起一个家，做最粗重的活，挖鱼塘、挑河泥、砸石块，满肩血皮、满肩硬血痂；满手血泡、满手老茧；冬天，还会冻疮遍布。

可是，她未曾叫过苦，一双用来弹钢琴的手变了形，她还宽慰自己："谢谢天，我并没有觉得很痛，我只是手指不再灵活。"

她离昔日奢华的生活越来越远了，带着孩子们搬到了一间不足七平方米的亭子间。这里，漏雨亦漏阳光，但她说："晴天的时候，阳光会从破洞里照下来，好美。"

生活都如此艰苦了，她还能保持一颗可贵的本心。

如此，真好。

也只有她这样高贵的心态，才可以抵御更深的苦难吧。

他们过着艰辛的日子，但仍是要体面、精致的生活的。没有烤箱，她仍要用铁丝在煤球炉上烤出恰到火候的金黄色吐司面包；没有茶具，她就要用搪瓷缸子煮一杯下午茶；没钱买德国名犬了，她就买来一只小鸡仔，叮嘱儿子要好生养着；去刷马桶，怕啥，依然要穿着优雅的旗袍去；卖咸鸭蛋，又如何，还是要踩上高高的高跟鞋去。

太多人看不懂这样的她，到底为哪般。

她言："因为，这才是生活的样子。"

是的。

诚如，《诗经》里言："人而无仪，不死何为！"

* * *

直到一九七七年，郭婉莹的生活才步入正轨。

而彼时，她已是七十多岁的老人。

她被请去上海的硅酸盐研究所为员工上英语课，后来还被邀请到咨询公司做商务信函顾问。此时的她，头衔里没了郭家四小姐，也没了吴家少奶奶，但是有她特别喜欢的郭老师的称谓。

她照了张工作照，与人说："如果我去世了，我愿意用这张照片做我的遗像，它证明了，我在工作。"

经历许多苦，她从来只字不提。

有记者采访她，希望她说出曾经的苦难，她拒绝了。

"我不喜欢把自己吃过的苦展览给人看"，这是她说的。

于她，活着就该逢山开路，遇水架桥。

在郭婉莹看来，一个人是可以非常坚强的，比你想象的还要坚强得多。

所以，在她的岁月中，她始终以尊严的姿态傲立着。微仰着下巴。

最后的岁月，郭婉莹亦过得淡定从容。

她拒绝了跟孩子们一起到海外生活，独自回到了她爱的上海，以一个中国人的身份。有人问起，为何还要回来，她如此说："我的整个生活在上海，我不能离开我的生活，所有我熟悉的，我的医生，我的理发师傅，我的床。"

这样的她，念旧亦长情。

另外，不成为任何人的负担，亦是她坚持一辈子的倔强优雅。

她一个人住在没有暖气的小房间，仍保持着喝下午茶的习惯，坚持着只要接待客人必以精致的妆容出现，过马路从不让人搀扶，仍爱穿旗袍，走在街巷虽满头银发仍是最瞩目的端庄雅致的人儿。

高贵着、优雅着、独立着、自由着、勇敢着、坚强着。

一九八八年，郭婉莹的生命画下了句点。

那是初秋的一个黄昏，她独自一人去厕所，独自一人回到床边，躺下，几分钟后，她离开了。

体面、安详、干净。

而且，实现了自己一生的独立。

就此，这个温良的女子，高贵地走完了她八十八年的漫长人生。

如珠、如玉，温润、通透！

黄蕙兰

一世玲珑，活在当下，无谓流俗

一身骄奢，一生傲骨，她是民初第一外交官夫人。

她，构筑了我们对民国『摩登女郎』所有的想象。

她，亦曾渴望过童话般的爱情，但最后却被繁华世俗扼杀，

历史尘埃如昙花，就此掩盖她一世玲珑心和一抹傲然不屈的魂！

"我一生并非总是那么荣耀。或许外人看来，这种生活令人向往，求之不得。可是，我体验到的不幸太多了。"

这是黄蕙兰晚年时说的话，体悟言说至为深刻。

这话语，亦如同她被剥光的生活底子，让人一览无余。

也是，任她曾富可敌国，在生活的现实里也是无法买到圆满的。

虽物质无缺，但她最缺少的是家的温情。

父亲多金又如何，但伤在多情上。黄蕙兰的父亲，一生娶了十八位姨太太，儿女众多，因而给予任何子女的爱皆不多。蕙兰虽万般幸运地得父爱娇宠颇多，但因自小见识了太多亲情里的凉薄，骨子里有了清冷凉薄的痕迹。

这样的她，长大后多情却不会用情，冷冽的底子永远无法熨帖一颗更加凉薄的男子的心。

所以，她和丈夫顾维钧的婚姻，在平日里布满了蚊子血，斑驳满痕，即使她擎着一颗深爱的心也是无法挽回的。

顾维钧，舍弃了爱他的女子，在流连忘返里写满了对她的不爱。

几经求索，她终是累了，选择了放手。

三十六年的日日夜夜，被一纸踏碎，了无痕。

不过，感情世界里的不如意，却无法掩盖她一生的光鲜荣光。

在她的头衔里，每一个身份都光鲜亮丽，南洋"糖王"最宠爱的千金、民国第一外交官夫人、民国时尚教主……

如此的她，成了东方最美的代言。

美国《VOGUE》杂志曾评选过一九二〇年至一九四〇年之间，中国"最佳着装"女性，选出的就是她。她，力压宋美龄、林徽因、胡蝶等一众名媛，成为最佳着装担当。

回看，黄蕙兰所经的路是孤独、寂寞又美丽的。不过，落英缤纷、香气馥郁里，有她绚烂华美的一生。

于她，这一生亦好。

晚年时，她回顾自己这一生，万千字句写就一部《没有不散的筵席》。

由此，我们得以看到一个丰盈、立体、饱满的她：始终从容，保持自有的体面、气度，不哀亦不怨，懂得放下，亦懂得取舍，从不与过往较劲，只活在当下。

曾经的过往，皆成清风四散，成烟云、成雾霭。

这一生，谁又不是这般！

＊＊＊

十六世纪后，被荷兰占领的爪哇国，充斥着无限机遇。

一八五八年，清朝人黄志信偷渡而来。

他凭借着过人的胆识与智慧，在这片土地栖息十一年后，创办了自己的商行，取名"建源栈"。儿子黄仲涵接班后，靠着独特的经营要诀将此商业帝国火速扩大，据说，巅峰时曾占了整个爪哇国全民消费市场的过半份额。

因此，黄仲涵成了远近闻名的"糖王"，家底可谓富可敌国。

一八九三年，黄蕙兰出生，幸运地成了"糖王"的小公主，更幸运的是她还成了"糖王"为数不多的受宠爱的孩子。

黄蕙兰出生时，父亲恰好做成了一宗大买卖，做生意的父亲甚是迷信，认为她有旺财运，所以对她喜爱非常。能得到生性凉薄的父亲的宠爱，是多么的难得。要知道他一生儿女众多，能得到他喜爱的甚少。

爱钱、爱美色的父亲，眼里的亲情从来都是淡薄的。

黄仲涵一生妻妾达十八位之多。黄蕙兰骨子里传统的母亲魏明娘，亦因此跟他感情幻灭。

祖籍山东的黄蕙兰母亲，是爪哇国华人圈第一号大美人，家境清寒，却长得肤如凝脂、倾国倾城。十五岁时，被"糖王"看中而嫁给他，做了他的妻。可是，她倾城的貌依然拴不住"糖王"的心，在生下两个女儿后，"糖王"便以要生儿子为借口纳了妾。

从来只闻新人笑，谁闻旧人哭。

魏明娘，一个人凉寂着在心里生了根。她，是有深深的爱的洁癖的人，因而做不到原谅，更做不到包容。尽管"糖王"纳妾数十人，她正室的地位没有动摇，永远无人可窥觎得到，但是她已心死。骨子里有着一夫一妻的美好愿景的她，就此与"糖王"疏远。

后来的魏明娘，忘却情缘几何，一生钟情佛事。

无爱情羁绊的心，就此将目光转向两个女儿的培养上。魏明娘誓要将自己的女儿们培养成上层的名媛，好一生不被男人和命运左右。

可是，人生在世，最难如愿，有些圆满亦是金钱无法解决的。

所以，后来的黄蕙兰虽成为最耀眼的上流社会名媛，却仍然没能获得婚姻里的圆满。

富足的家，足够支持母亲对黄蕙兰奢华的培养。

母亲为黄蕙兰姐妹买各式各样精美昂贵的珠宝首饰，以提升她们的品位；吃饭时，亦有多名仆人在旁周到伺候，餐具皆银质；餐食，每餐都由中、欧两式厨房提供。

对于教育，母亲更是用心，为她们请来最顶尖的私人家教。她们姐妹俩，虽未曾到过学校一天，但皆精通英、法、荷等六国语言，至于琴棋书画、舞蹈、马术等才艺更是不在话下。

另外，为增长她们的见识，母亲还带着她们周游各国，结识各国名流和皇室。

只是，于她，家的底色依然是冷的、凉的。

＊＊＊

若论富二代，一般都是含着金汤匙出生的，黄蕙兰却是含着钻石长大的。

住着占地二百多亩的豪宅，府邸里有山有水，有亭台有楼阁，更有私人马场、私人动物园。这样的府邸，富丽堂皇更如皇家宫殿。据说，光园丁就达五十人之多。

黄蕙兰三岁时的生日礼物，就是重达八十克拉的钻石项链。

一般人的婚戒，不过一二克拉而已，可想八十克拉的钻石有多贵重。不过，她不甚喜欢，说太重了，并且手头常有新的珠宝。

得父母娇宠的她，长大后虽挥金如土，却也不是个只会玩弄胭脂水粉、金银珠宝的娇惯阔小姐。母亲的精心栽培，让她无论文采、技艺、社交，都属一流。十九岁时，她不负母亲所望，一出道即成社交圈中的翘楚。

衣品一流、交际亦一流的她，成了上流社会最耀眼的那颗星辰，无数名流纷纷拜倒在她的石榴裙下。

情窦初开正当时，于她，亦有"转山转水转佛塔，只为与你途中相遇"的爱的美好执念的。所以，那时她暗恋过德国的军官、喜欢过银行家公子……

可惜，皆无疾而终。

原来，是爱女心切的父亲于幕后——"摧毁"的。

父亲宝贝女儿，所以，黄蕙兰之所交必过他这关。不是什么男人都可配自己的女儿的，于是，他动用私人侦探，将各种不达标或不怀好意的人排除掉。

只是，他不能够赶走自己的夫人给黄蕙兰选的女婿。

是的，黄蕙兰最终嫁给的男人，就是母亲魏明娘看中的，乃民国三大美男子之一的顾维钧。

顾维钧是姐姐黄琮兰先看中，然后写信给母亲，从中搭桥牵线的。

黄琮兰自小与母亲相伴，深知母亲内心对女婿的标准，所以，当时任外交官的顾维钧到她巴黎的家中做客时，黄琮兰就在内心打定主意要促成他和妹妹的这一桩姻缘。于是，她火速给母亲写信，让她来出面主持大局。

作为姐姐，她是未曾从妹妹的角度出发的。年长黄蕙兰许多的姐姐，因常年站在母亲这边而未曾得到过父亲的爱。虽也生得聪慧伶俐，但活在爱意稀薄的空气之中太过压抑的她，对获得很多父爱的妹妹有着莫名的冷淡。所以，在看到顾维钧那刻，她想到的最多的是可以借其飞黄腾达，对妹妹是否会爱上这个男人未曾有过一丝一毫的考虑。

对黄琮兰和母亲而言，金钱是从来不稀缺的，稀缺的是权势，是社会地位。而这些，彼时的顾维钧可以给。

如是，黄琮兰极力劝说母亲，跟她一起撮合这桩姻缘。

她们刻意安排了一场约会的宴席。彼时，为避免尴尬还专门邀请多名男士来陪衬。

　　两个人的初见，就打破了黄蕙兰对爱情的所有美好想象。顾维钧虽是拿下哥伦比亚大学国际法博士学位、前途无量的青年才俊，然他的穿着、样貌都是无法入她眼的。留着老式的平头、穿保守衣衫的顾维钧，跟时髦的黄蕙兰，完全是两个世界的人。

　　更何况，他们还没有相同的爱好。

　　顾维钧不会骑马，亦不会跳舞。而黄蕙兰却是其中的佼佼者。

　　但于顾维钧，她是入心、入眼的。当在黄琮兰家看到钢琴上黄蕙兰的照片时，他就心生爱意。

　　缔造了"弱国也有外交"奇迹的外交官，亦不是浪得虚名的。面对黄蕙兰的拒绝，顾维钧尽施外交之本领，终于言谈举止中的无尽魅力打动了她。于是，黄蕙兰开始亦步亦趋地跟随了他的脚步。

　　只是，这被刻意安排的恋情是满蓄仓促的，亦为他们后来满目疮痍的婚姻埋下了狰狞的伏笔。

　　诚如黄蕙兰父亲极力反对的理由：曾有过两任夫人的他，不再懂得珍惜。

　　是的。后来的岁月里，他对她的爱意并没有从一而终。

＊＊＊

　　一九二〇年十月二日，在布鲁塞尔中国使馆，他们举行了十分盛大的婚礼。

许多名流、内政使节都来了，唯独最疼爱黄蕙兰的父亲没来。本应欢喜的心，有了深深的失落。

没得到父亲祝福的婚姻，就像有了灰尘的痕迹。

失落很快被"外交官夫人"的头衔掩盖。

她真是为交际舞台而生的人。

她跟随着他，一起参加白金汉宫战后首次宫廷舞会，出席杜鲁门总统的就职典礼，与英国大使和英国女王握手，即使站在伊丽莎白王后身旁，黄蕙兰的气场也未曾减低半分。良好的修养和气质，出色的服饰穿搭，让活跃在国际外交权贵之中的她，灼灼其华，如鱼得水。

很快，黄蕙兰就获得了一个"远东最美丽的珍珠"的称誉。

彼时，驻巴黎总领事袁道丰曾如此说："当大使太太最适合黄蕙兰的胃口，与西人酬酢应答如流，也确有她的一套。很少有中国大使的太太能够和她比拟。"

只是，社交场上再大的荣光，亦掩饰不住婚姻里凉薄的影子。

原来，他当初炽热的追求、殷勤的温情，不过是他的工于心计。他只不过是需要一个长袖善舞、多金美丽的妻子来助力罢了。

他，打得一手如意算盘。

婚后，黄蕙兰以娘家的富有，助力他修缮早已破败不堪的大使馆；填充了世界各地买来的各式名贵家具、宝物、器皿，让他外交官的头衔足够体面。另外，她在天津、上海、北京等地置办了多处房产，让原本捉襟见肘的外交官，成了富有、体面的权贵。

就此，他如虎添翼，仕途坦荡，于四十岁不到的年纪就出任了国务总理。

可是，他擎着一颗文人高傲的心，却愈来愈贬低她的奢华、她的金钱味。

他要足了体面，还要男子的自尊。

他不喜地对她要求道："除了我买给你的饰物外，什么也不戴。"

他能给她买什么？他的一切还多是她买来的。但是，他就要如此伤她，每见她花一分钱就多厌烦她一分，并用冷暴力来挫败她。

婚姻的底色，在日月的流逝里越来越难看。

其实，婚姻的凉薄是最初就露了端倪的。

那是新婚之夜，在开往日内瓦的火车上，她穿着华服，艳美地坐在他面前，他却视若无睹、自顾自地办公，连头都没抬一下。

自小锦衣玉食的她，绝不会因为他的阻止而改变。

独立人格，她从来都具备。

这大大地惹恼了顾维钧这个传统里的旧式人。理解、懂得、包容全无；反倒多了看轻、奚落及猜疑。

黄蕙兰周旋于各式权贵、政要之中，总免不了招致一些与某某的流言蜚语。

于是，他武断地误会，让他们婚姻里的罅隙再生。

他亦明目张胆地动用心机，将一颗爱人的心交付到另一个人手上。

名媛严幼韵，成了顾维钧转身就深爱的人。

生于富贵人家的严幼韵，极似一株海棠，温柔、婉约，她本有一段良缘，谁知天有不测风云，丈夫不幸被害，留下她和三个幼儿。孤儿寡母，更是令人怜惜。更何况，严幼韵还小黄蕙兰十几岁，自是迷人万千。

只是，顾维钧变心了，却仍要利用黄蕙兰的财富和她的八面玲珑，来让自己的事业更成功。

如是薄情寡义的男子，对她，真是一生的伤害！

＊＊＊

与严幼韵比，黄蕙兰并非不炫目，反而更耀眼。

时年，她乃是被称为"民国第一时尚教主"的女子，每每出场都会因衣着品位惊艳全场。

比如，她受邀参加白金汉宫宫廷舞会时，着一袭奶油色锦缎裙子，系一串红纱点缀的水晶腰带，瞬间惊艳了全场。

比如，她穿旗袍，常会混搭 Chanel 小外衣和皮草，抑或搭配上翡翠、珍珠类的饰品，如此装扮，时尚有之，气场亦有之。

彼时，"黄蕙兰同款"，亦是时髦的代言词。

她自己曾说过，有一年，她因皮肤病不能穿袜子，于是爱美的她就光腿穿旗袍，要知道那是在寒冬的上海。结果第二天，上海的时髦名媛们个个效仿起来，一时不穿袜子穿旗袍竟成一种风尚。

这样的她，是国内外最时尚 icon（偶像），亦是头号带货女王。

然而，于顾维钧，却是不再入心的。

顾维钧看到的是她的锋芒，她的奢华，她的珠光宝气。如是这些，都是他不喜的。他喜欢婉约的、小鸟依人的女子，比如他深爱的严幼韵。所以，他对黄蕙兰始终抱有敌意。他觉得她的风头太大，盖过了自己。

现在的顾维钧需要的是一个能持家的温良的贤内助，而不是在外叱咤风云的社交名媛。

在爱情里，也有"志不同不相为谋"，所以，他们越行越远。

她，也曾试着去挽回他。

只是，对于不爱自己的人而言，去挽回真是自取其辱。

听闻他们的私情，那日，她去问罪于他，当着一帮有头有脸的人，她将一杯茶水浇到他身上。然而，他纹丝不动，气定神闲地自顾自地打自己的牌。对她，他是连交涉、口角都懒得张嘴。

这样的无视，比不爱还令人羞耻。

傲气如她，深知无爱的婚姻留住也是一片森凉。于是，选择放手。

于是，五十五岁的她，向六十八岁的他提出了离婚。

"凉风吹过，你醒了。真正的'聪明'是在适当的时间离场。"

这句话，对如是傲骨的她如此妥帖。

　　几年后，结束外交生涯的顾维钧，终在无所顾虑之后，娶了严幼韵。

　　此时的黄蕙兰，正一个人独居于纽约曼哈顿的公寓里。一扫过去荣光、铅华，她学会了做饭，学会到唐人街买豆豉、买小葱、买鱼，也学会了去邮局买邮票。她说，这样的生活如冒险一般，却很真实亦很充实。离开他之后，她的生活不再是幻境，反而是遍地暖心的人间烟火。

　　如此，真好。

　　千帆过尽，荣华富贵享尽，她终活得淡然。

　　仍会痛的是，他言说的不爱。

　　曾有人问顾维钧，如何"总结"自己的四段婚姻，他言之凿凿地说："第一任妻子因父母之言，主命；唐宝玥，政要之女，主贵；黄蕙兰主富；而严幼韵主爱。"

　　原来，一直以来，她于他，只是金钱的关系，与爱从来无关。

　　一生风头无两，到头来让她输得最惨烈的永远是情。

　　亲情，如是；爱情，亦如是！

＊＊＊

　　晚年，她孑然一身，依然居住在纽约的曼哈顿。

　　从前的名利浮华，皆成烟云一梦。

家世，早已大不如前。爪哇的财产被日本人侵占，巴黎的房产被德国人抢走，北京的豪华公馆也悉数充公。

带在身边价值二十五万的珠宝，也在经历两次入室抢劫后被洗劫一空。

千金散尽，尽现荒凉。

她，必须想到新的挣钱方法。于是，她决定去做演讲，把所经历的一切讲给别人听。

对于有骨气的人而言，真的是富有富的活法，穷有穷的活法。

黄蕙兰戴上最简单的首饰，略施粉黛就站到演讲台上，将自己的故事绘声绘色地讲来。仿佛说的是别人的故事，亦仿佛又经历了一遍一般。

她，成了一个寻常的老太太，养一只小狗做伴，开启崭新的生活：独立、简朴、靠演讲赚取生活费用。

她，仍自称"顾太太"，并在公寓的墙上贴满了和顾维钧出访时的照片；她，开始写回忆录，回忆自己曾走过的这细碎的人生，回忆自己和顾维钧之间的恩恩怨怨，心态平和，有怨气却无恶语。更雅量到，连那位横刀夺爱的第三者的名字都只字未提。关于对丈夫顾维钧的评价，她也只轻描淡写地写道："他是个可敬的人，中国很需要的人，但不是我所需的丈夫。"

如此的她，是入世的，亦是永葆纯真之心的。

似水流年，她早看透生命中的不能承受之重。所以，她才如是写道："或许外人看来，这种好生活令人向往，求之不得。可是，我体验到的不幸太多了。在我年事已高、阅历丰富的今天，我足以意识到这就是生活的一部分。世上无人不遭受折磨，或是这方面，或是那方面，正因如此，才使我们相识、相怜。"

所以，她亦将这部自传起名《没有不散的筵席》。

是的，这世间没有不散的筵席。

一九九三年十二月，她与世长辞。享年一百岁，一天不多，一天不少。

自此，世间再不会有她这般拥有一颗玲珑剔透心的名媛！

林徽因

洁白、纯净，是她人生的底色

一代风华，绝世而倾城的她，是如一枝深谷的白兰——

纯洁的、静美的、清雅的。

如此的她，是不能轻触的美好，让人倾慕。

徐志摩怀想了她一生，梁思成宠爱了她一生，金岳霖记挂了她一生。

不过，在爱里内省、活得努力的她，终让一生于波澜不惊中柔软。

岁月铺陈，那时的女子独林徽因美成一个侧影、一幅画。

隐含的奢华，明静的优雅，静谧的吸引，集才情、美貌、智慧于一身的她，是即使岁月跨过多年仍会令人膜拜的。

看过对林徽因最好的形容：

"立在一处，似深谷中一朵自开谢的白兰。极惹目。是美人。是才女。"

诚如此，徽因的一生，无论才情、容貌、际遇，都是极惹目的。

生于杭州书香世家，自是得以华美地成长，纵有倾城的貌，她亦活得努力而清醒，一生于波澜不惊中柔软多情，如雪，洁白、纯净。

爱情中的她，难得的清醒、内省。

无论是爱过的、嫁过的、拒绝过的，她馈予的皆是最纯净的爱。

这世间的女子，多容易被情伤，不是伤心、就是伤身，唯独她获得了丰盈的爱。

人生飘忽，随遇而安才最真。

这是她最深知的，所以在每一段爱情里，她总能优雅地、义无反顾地做出最纯净的选择。

徽因亦早知这世间路充满荆棘。

有些路，只能一个人走；有些人，可风雨相伴而行。

于是，在浪漫的志摩和务实的思成中，她选择了最适合自己的思成。

事业中的徽因，亦是难得的勤奋与肯付出。

为了热爱的建筑事业，林徽因跟思成共同走过了中国的十五个省、一百九十多个县，考察测绘了两千七百三十八处古建筑物。过程是艰苦的，爬梁上柱之类的工作，看似弱不禁风的她从未退缩过。并且，那时的她还抱着病体。

陈占祥曾如此评价过她："不是巾帼不让须眉，简直是让须眉汗颜！"

她自己也曾如此说过："温柔要有，但不是妥协，我们要在安静中，不慌不忙地坚强。"

她纯净、洁白的一生，是将此锦言作为注脚的。

光阴如华。

流逝的时光，从未冲洗掉她的绝代风华，世间美好都可与她环环相扣。

* * *

童年，于林徽因并不美好。

一九〇四年六月十日，徽因出生在杭州一个书香世家。

她的父亲林长民是毕业于早稻田大学的留学生，曾任北洋政府"司法总长"。只是，风流儒雅、善诗文、工书法，才情斐然的父亲娶的夫人却不是琴棋书画俱佳、才情了得的女子。

如是，父亲和母亲的感情甚是冷淡。

这亦为徽因的童年画下一笔不快乐。尽管，她粉雕玉琢，深得家人的喜欢，尤其是祖父和父亲皆视她为掌上明珠，然而得万千宠爱的她却无法真正地快乐起来。

缘由无他，皆来自婚姻不快乐的母亲。

母亲何雪媛，生于浙江嘉兴一个商人家庭，却因是富贵人家的女儿被溺宠着，没学来琴棋书画，亦不善操持家务。加之，嫁入林家并未能给林家生个男孩。如此的她，既无法以才情博得夫君林长民的宠爱，亦无法以贤惠获得婆婆的欢心。

其实母亲在生下徽因之后，还生过一男一女，可惜都不幸夭折了。

于是，为了给林家传宗接代，父亲续娶了上海女子程桂林。程桂林学识颇深，温良又美丽，一入林家门就入了林长民的心，后来更是接连为林家生下几个儿子，将林长民的宠爱全部得到。

何雪媛，这个旧式的女子便成了一个陈旧的人，被深深地冷落在林家冷僻的后院。

旧时人说，若是婚姻不如意的话，再知性，再通情达理的女子也是会生出好多怨来的。

徽因的母亲亦如是。

得不到爱和温情的母亲，是冷寂的、怨尤的、不快乐的。

不快乐的母亲，性情就如同那狭窄角落里的光影，阴晴不定。为此，幼小的她便因着母亲的缘故度过了一段绵长的不快乐的时光。

徽因虽得父亲万千宠爱，但终归是要和母亲一起生活在后院的。

前院常会传来父慈子孝、夫敬妻贤的温馨的欢笑声，母亲的院落里却死一般的寂静。

随着时间的推移，常年被冷落的母亲，把心中的怅恨积攒成无孔不入的怨怼，脾气越来越坏，性格也愈加偏执，会无端落泪、无端谩骂。

母亲就此成了她童年时心底巨大的阴影。

徽因亦对父亲生了又爱又怨的矛盾感情来。她特别敬爱自己优秀的父亲，可内心又十分怨父亲如此残忍地对待自己的母亲。

渐渐地，这种原生家庭的伤痛，让她变成了一个多愁善感的小孩。她常常会独自一人坐在木楼上，看天空飘过的云，孤寂无以排遣。

这样的伤痛，亦隐随了徽因一生。

成年后，她曾写就一篇《绣绣》来将其呈现：绣绣是一位乖巧的女孩，然而她生活在一个不幸的家庭里。母亲怯弱无能、狭隘多病，招致父亲的嫌弃及冷落，于是父亲娶了新姨太。由此，绣绣整日夹杂在父母之间无休止的争吵中。时日久长，在没有温情、没有爱怜的家里，绣绣最终去世。

如此悲痛所描述的，正是徽因曾经历过的有伤的岁月。

还好，或许正是因这段经历，让之后的徽因在面对感情时有了果敢和决绝，绝不拖泥带水，虽然也有过彷徨惆怅，犹豫不决，但到了最后还是做到了收放自如，懂得了如何取舍。

由此看来，这段经历亦未曾不好。

好的、坏的，都是磨砺一个人最好的课堂。

* * *

原生家庭的刺，有些人或许一辈子都拔不出来。

还好，徽因不同。

夹在父亲和母亲之间的徽因，虽童年时光不尽然全是快乐，但她足够聪慧，本能地知晓如何平衡。在母亲的怨怼倾诉中，她会用读书习字来排遣苦闷。

五岁，徽因在姑姑的启蒙下读阅诗书，可过目不忘、出口成诵；七岁时便可以作诗、写信，并代表全家给外出的父亲写信，言辞生动、应答得体，不似七岁孩子的手笔；八岁的徽因能教弟弟念诗诵词；九岁时更似小老师一般，教起堂弟读书认字来。

除此之外，徽因对家里的藏书、字画产生了浓厚的兴趣。

小小年纪天资聪颖的徽因，熟读家中藏书万千，白雪、明月、青山、绿水、柳绿、桃红……这些隐藏在诗词、字画里的独特意象让徽因在那些微寒寡欢的日子里被安慰。亦因此，在这些诗词、字画的滋养下，徽因得以悟得人情世故：在父亲面前她尽力做一个聪明伶俐有才情的女儿，在母亲身边她则努力做一个温顺听话的乖乖女。徽因更认识到，自己一定要成为一个独立的人，如此才不会似母亲一般遭人冷落。

故而，徽因极力地用学识、爱好将自己丰盈。

故而，如此聪颖明慧的她，深得父亲的疼爱，父亲曾如此写信表达对她的认同："我不在家，汝能为我照应一切，我甚喜也。"

故而，父亲常以她为傲，并极其重视对她的教育。

十二岁时，父亲特意将徽因转入培华女中。当时的培华女中是一所提供英国贵族式教育的学校。

父亲，是要把最好的都给予徽因。

徽因亦不负父望，成了一位才情、气质皆佳的名媛。如此的徽因，成了父亲的心头爱，走到哪儿都喜欢带着她，她是他的骄傲。

所以，徽因得以陪父亲一起旅欧游学，也让自己的见识更广、眼界更宽。

在欧洲，父亲带着徽因遍游法国、意大利、德国、瑞士、比利时等国，游览了一处处文化古迹、一个个博物馆，以及工业社会迅速发展起来的工厂、报馆等产业，为的是让她"观览诸国事物增长见识，扩大眼光养成将来改良社会的见解与能力……"

父亲外出应酬之际，徽因便如饥似渴地阅读一些英文书刊，碰到打动自己的作品时还会动手翻译，在这样的锻炼下，徽因的英语水平十分了得，一口牛津语说得极为地道、生动。

　　知识融入骨血，书香化为气质。

　　不久后，徽因就以优异的成绩考入了伦敦圣玛丽学院，开启了她更广阔的求学之路。

　　也是在那时，徽因认识了影响她一生之热爱的女房东。

　　女房东是个在建筑学方面很有成就的人。在女房东的影响下，徽因见识到了那些"凝固的音乐""石头的史诗"，那些藏在古建筑里的历史和厚重之美。于是，十六岁的徽因便在心底立下志愿：投身建筑事业！

　　这一志愿，亦就此深深影响了她一生的选择。

　　父亲曾说过："做一个天才女儿的父亲，不是容易享的福，你得放低你天伦的辈分，先做到友谊的了解。"

　　言之凿凿之下，是父亲对优秀的徽因的认可及骄傲。

　　于徽因而言，能有一个这样的父亲亦是心生温暖的。

　　在徽因成长的岁月里，父亲如一束光，照亮了她人生的路。

　　　　　　　　　　　＊＊＊

　　林徽因与徐志摩的交集，是地动山摇的。

　　初相遇，志摩就被"闪亮得如同一颗星"的徽因吸引。于是，一种浪漫诗人的情意缠绵就此蔓延开来。

　　而那时，徽因对爱还懵懂。

志摩确也俊俏儒雅，一表人才，又浪漫又甜蜜，于是，徽因的一颗少女心悸动了。

若志摩未婚，无妻无子，那么，他们的相遇真的完美至极。

只是，人生没有如果。

在爱上徽因之前，徐志摩早已婚配，别说什么跟发妻没有爱情，婚姻就是婚姻，岂可轻言作罢。

所以，当徽因知晓徐志摩有妻儿，当徽因知道徐志摩为了追求她，正与有孕在身的妻子办离婚时，豁然清醒了。自小见惯妻妾之争里的悲哀，让徽因适时地内省。母亲卑微而活的样子，是徽因不堪回首的过往，于经年之中成为她心中拔不掉的刺。

所以，在现实和想象之中，徽因太知晓如何选择。于是，她决然放弃掉这段感情，让这段"康桥之恋"成为一段美丽而破碎的梦。

一九二一年十月，父亲出国考察的行程到期，徽因毅然跟随父亲乘海轮"波罗加号"回国。

从此，志摩和康桥，皆成回忆。

一九二二年，林徽因和她一生的伴侣梁思成相遇。

梁思成，梁启超之子，不仅学业优异，还琴棋书画皆成。如此优秀的思成，是可入她心的。

不久，他们坠入爱河。

徽因与梁思成的爱情，虽不轰轰烈烈，却也温馨甜蜜。他们时常结伴去北海公园游玩，也会去逛庙会，或者去清华学堂参加音乐演出。他们二人，是如此合拍，如此志趣相投。徽因亦会时常欣慰自己的选择。

思成，是如此的温暖体贴。这温暖，于徽因而言是自小就无比渴求的。

徽因知道生活的冷暖，知道知心人的重要，所以才更知道两个人能志趣相投汲取到彼此的温暖是多么难以求得。务实、亦才华横溢的思成，给了林徽因温暖和安稳，这正是她向往的生活、向往的家庭、向往的爱人。

于是，一九二四年六月，林徽因和梁思成以情侣的身份共同赴美国宾夕法尼亚大学留学。

后来，一九二八年三月，在加拿大温哥华思成的姐姐家，徽因和思成举行了婚礼。

再后来，这之后的路，她和思成风雨同舟，温暖相伴。虽没有无限锦绣，却也山水相宜。

于徽因而言，这才是生活。生活里的平淡，如溪流般过得波澜不惊、清雅安稳，是她这一生对的选择。

***

婚后，徽因也没有变成某个人的附庸。

在一起的徽因与思成，找到了共同的爱好——建筑学，并将其视为一生的信仰，付诸一生热爱。

他们一起在美国宾夕法尼亚大学学习建筑，学成归来，一起受聘于东北大学并创建了国内第一个建筑系。

徽因极爱她的学生，亦极被学生喜爱。

那时，徽因已体弱多病，可对待学生仍竭尽心力，会熬夜指导学生作图，亦会带学生外出实地考察。

徽因设计的"白山黑水"的校徽，至今仍还被借鉴沿用。

博学、多才的徽因，还写诗、写散文、写小说、写剧本，亦画画、写书法。徽因写的诗、散文、小说、剧本，到今天仍被称颂；徽因画的画，给人温暖和惬意；徽因写的书法，亦达到了一定的高度，笔精墨妙、极生动、极有气势。

除了这些，徽因最执着的还是建筑事业。

一九三〇年到一九四五年，徽因和思成一起走过了中国的十五个省，一百九十多个县，考察测绘了二千七百三十八处古建筑物，对文物建筑的保护和重新修葺做出了重要贡献。

成绩背后，是徽因和思成异于常人的付出。

那时，时光慢，舟车皆慢，他们是千里跋涉、风餐露宿地进行考察的。

踩烂泥，坐驴车，住肮脏的小店，吃粗劣的食物，对他们来说更是最习以为常的事情。不过，他们却不觉得苦，反而甘之如饴。

为着自己钟爱的事业，他们愿意付出所有。

只是，让人疼惜的是徽因的身体，本就体弱多病的她在如此艰苦的考察生活中，身体变得更糟糕。尤其在"七七事变"后。

那时，全家准备离开北平，但那也正是徽因最需要治疗的时候。临走前，她的主治医生还严重警告她必须接受治疗。可是，为了全家人的安危，她言说着："警告白警告，我的寿命是由天的了。"

倔强若她，就那样病着，硬撑着，开始了行程。

抵达昆明时徽因高烧四十度，直接昏倒在了大街上，她的肺病直接发展为严重的肺结核。不久，思成的工作单位迁到李庄。他们又要从昆明舟车劳顿地去往李庄，因思成不能随行，一路上徽因不得不勉力操持，又在破卡车上颠簸了三个星期之久，就此徽因彻底病倒。

这一病，让徽因卧床六年。

还好，她的伴侣是思成，是爱她如生命的思成。

为了方便徽因治病，以笨拙著称的思成学会了输液、打针，以及一丝不苟地为这些医疗器械消毒、分置；李庄湿冷，为怕徽因冷，思成还经常亲自侍弄火炉，生怕别人不小心弄熄了火；为让徽因营养充足，思成想尽法子亲手准备食物，吃之前还亲自为她品尝咸淡；

病中的人，容易脾气不好，徽因亦然，所以会时常责骂、训诘他，每次他都微笑以对；徽因的病是会传染的，为着她那强烈的自尊心，为着她忌讳家人与她分餐，觉得是一种嫌弃，思成便暗自做好预防，始终与她同桌进餐，但后来思成还是被感染了；思成知晓她爱美，于是为徽因做了仿古铜镜，雕刻、铸模、翻砂，全部工序都是他亲自完成的。

这样的丈夫，于任何女子都是幸福，于她亦如是。

养病期间，徽因亦没有将生活停滞。她写诗，亦写小说，小说《九十九度中》就是在那时创作的。

好友费慰梅来探望徽因时，她如是说："磨难使我更理解自己了。"

之后，徽因亦说过："许多人都做了岁月的奴，忘记自己当初想要追求的是什么。"是的，徽因不允许自己成为岁月的奴。徽因要做的，始终是自己。

所以，任何时候徽因都不允许自己懈怠。即使在最贫穷的时候，她的家里依然收拾得很有情调。

比如，在昆明郊外时，徽因将大把大把的野花往家里花瓶里放，让整个屋子泛着芬芳和温馨。比如，在女校教课时，她永远穿一身帅气西装，每每能引起一阵骚动。学生们都说，若是在男校，恐怕学生们会全被迷得上不了学了。

林徽因这样的女子，在人生经营中，付出的始终是非同寻常的努力与勤奋，享得福也受得苦。

诚如，当下她被敬重的缘由：女神活得漂亮的一生，是有骨气而努力的。

故而，万千人将她视为榜样！

* * *

"温柔要有，但不是妥协，我们要在安静中不慌不忙地坚强。"

这是徽因说过的。

所以，即使缠绵病榻，即使被粗糙的日子虐得泪水盈盈，徽因也没有失掉对生活的热情。

这样的徽因，不仅深得丈夫思成的爱，亦吸引了不少男子的目光。但对徽因来说，漫长岁月里的相知相伴，才是最珍贵的宝藏。

也是，多年时光经过，最懂得她的仍是思成。徽因与思成在一起，永远互相成全，你投之木桃，我报以琼瑶；你庇我风雨，我还你柔情地走过这世间的纷纷扰扰。

这就是世间最好的爱了。

只是，执子之手、白头到老对这世间的大多数人来说，永远是个童话。

一九五五年四月一日，五十一岁的她早他离开这世间。

从此，梁思成的世界变了样。一转身，物是人非，徽因已不在身边。

心如刀割。

犹记起徽因写过的句子：

你是爱，是暖，是希望，你是人间的四月天！

……　……

春事既歇，芳菲已尽，但隔着时空的风烟，这个如"人间四月天"的美好女子永在！

林桂生

互不相欠，是她举世无双的清绝

她，曾用半世柔情、温暖成就他——成王，成寇，成枭雄。

然而，生活流于凡俗，徐娘半老比不过年轻的貌。

一世桀骜不驯，终没能逃过『弃妇』的命运！

幸而，清冷孤傲若她，于举世无双的决绝里终成传奇！

有人说，她是有今生，没前世的女子。

是的，她的前世是一个被模糊掉的影子，人们只知道她这个叱咤风云的女枭雄，来自那烟花漫漫的风尘之地。

其余，一无所知。

最初，她以一身上海女子的精明、强悍，艳绝这风尘地，苦楚不为外人道，亦成就了她的决绝。不久，她成了上海滩上大枭雄的女人。在彼此携手的几十年的岁月里，她亦成了在上海滩上叱咤风云的红颜一个。

只是，她的人生并没有因此而幸福美满，她的感情世界亦沧海桑田，伤痕累累。

也真是遇人不淑。

与那个"唯爱女人和金钱"的"流氓大亨"的爱情，是一早注定的悲剧。

起初，她是一忍再忍，可是到后来，忍不能成全他们的婚姻，他的花心风流逼得她孤绝地离开了曾经为之奋斗的"深似海"的白相人的府邸。

是，任她再怎样桀骜不驯，终没能逃过"弃妇"的宿命。

聪明一世，糊涂一时的"大亨"，忘记了没有精明能干、足智多谋的她在侧，他的江山终若那被挖空的山峦，随时会轰然倒塌。当年轻貌美的新人和相好密谋私奔，他落得"人去楼空""人财两空"的耻辱地步时，才忆起她的好来。

为挽回她，他刻意在自家院里种下六百棵桂花树，向她表情示好。

可是，深宅似海，桂花的香飘不过那森森的石砌的院墙。

高傲的她，终究自己掌控了自己的命运。

与他，此生互不相欠，再不纠缠！

* * *

二十世纪初，上海滩风云际会，大量淘金者从四面八方涌来。一时之间，原本荒芜的上海滩成了"东方乐园"。

此际，风云变幻，机会与风险并存却恰好成全了某些冒险家的飞黄腾达梦。彼时，"流氓大亨"这个特有的称谓就盛产于此。

所谓"流氓大亨"，即善于投机的流氓头子。他们很会利用帮会势力笼络一帮门徒，成为秘密势力的霸主，然后在社会上横行霸道，强抢明夺，无恶不作。

那时，除了"流氓大亨"，还衍生带动了一些隐秘的艳俗事业。

一些小有成就的冒险家们，在完成了一票又一票的刺激生意之后，就会去寻一处歌楼妓院，来肆意挥霍自己的积蓄。如是，妓院艳楼高起，如雨后春笋般涌现在上海滩。

鱼龙混杂、纸醉金迷，在灯红酒绿之中酝酿成一个乱世。

乱世之中的人心，都是彷徨的、畏缩的、不知所措的，尤其是女子。若是想站稳脚跟，势必要付出难以想象的努力和代价。

在嘈杂拥挤的南市区，有一条街巷叫"一枝春"，这里藏匿着许多大大小小的妓院，这些妓院一般较低级，往来也多地痞流氓，生存在这里的女性更多一分辛苦和危险。

其间，有一名叫"烟花间"的妓院最为火爆。

夜夜笙歌，财源滚滚。

经营这"烟花间"的老板娘，年方二十，妆容明艳、衣着光鲜，一双媚眼把往来者尽收眼底。

她，就是林桂生。

且说，那时的林桂生虽嫩如花蕊，可神态行事却老道得让人不得不避其锋芒，一身娇媚傲骨也是任谁都夺不去的样子。这样的她，成了"一枝春"街巷里的传奇，大家都不知道她来头如何，是哪方"神圣"，但都景仰着且敬重着她。

要知道，那时经营妓院的老鸨都是徐娘半老，似她这般年纪的是少有的。

由此看，她骨子里就是精明能干的女子，精悍得非同凡响。

如此人物，后来的叱咤风云也理所当然。

＊＊＊

追溯而知，林桂生生于一八七七年，苏州人。

自古苏杭出美人，看她更知。柔情似水、我见犹怜，她亦是这般。不过，外表之外，她的身上有傲骨，如同男子一般，做事果断而强势，为人处世精明而老到。

凭借这样的手段，林桂生将"烟花间"经营得风生水起。

话说，那一年，"混世魔王"黄金荣凭借着自己出色的"包打听"本领，受到了警务界高层的青睐，被升为便衣探员。升职后，他就成天混迹在茶馆、妓院之中，于吃喝玩乐中收集一些情报、联络一下眼线。工作清闲，又容易邀功。

某一天，黄金荣又破获了一起关键案子，心情大好，准备好好娱乐一番。于是，他优哉游哉地来到了"一枝春"街巷。正边走边琢磨着到底进哪家妓院时，突然跟一个人撞了个满怀。

一抬眼，入他眼帘的竟然是美得不可方物的林桂生。

婀娜的身姿，娇媚的眼神，说不出的烟视媚行。黄金荣的一颗心开始活蹦乱跳，仿佛前世今生有所牵系一般，于电光石火之中，他知道这应该是遇见爱情了。于是，他不由自主地跟随在林桂生身后，直到走进"烟花间"。

也是缘分。

林桂生于黄金荣来说，是宿命中的人。

据说，年少时的黄金荣曾在城隍庙的裱画店做过工，当时裱了无数的仕女图。夜来寂寞，曾做了一个少年怀春的梦，梦中的女子妖媚动人、轻柔可人。他曾在梦醒时发誓一定要娶到梦中的女子，不然这辈子都不会结婚了。

如今，梦中人就在眼前。

在林桂生的莞尔一笑中，黄金荣想起了那梦中的悸动。

黄金荣无法抵抗，一颗心只将她牵系。

林桂生身在烟花之地，阅男子无数，大概是什么样的人，一眼就能看出大概。更何况，她又是如此凌厉、精明的女子，在初见黄金荣时，她即知他"后生可畏"，将来必能成就一番大事业。

于是，林桂生和黄金荣两人就在彼此的眉来眼去中在一起了。

如所有的恋人一般，爱到情浓时，他们决定结婚。于是，林桂生卖掉了"烟花间"，正式和黄金荣结了婚。

属于他们俩的叱咤风云的岁月，就此拉开序幕。

* * *

婚后的林桂生和黄金荣一起搬到了有名的十六铺。

彼时，十六铺东临黄浦江，西依丹凤路，南达太平弄，北至龙潭路，依水傍城，是缔造了无数故事和传说的繁华之地。此处，不仅商铺鳞次栉比，还是沪上水陆交通最重要的枢纽。

繁华喧嚣、盛产无数传奇的十六铺，亦成为她和他的风水宝地。

精明如林桂生，一早深知"三不管地带"的十六铺可以滋生蔓延无数赌场、烟馆、妓院，而这些最易生财。

她将自己筹划的未来蓝图跟黄金荣描绘了一番，自是入了本就雄心勃勃的黄金荣的心坎。

如此，在胸有沟壑的林桂生的筹划下，一个帮派的雏形显现。

他们在此建立培训基地，广派"英雄帖"，公开在全上海网罗门徒。于是，一大众出身贫寒不学无术的流氓、地痞，入了他们麾下。他们亦一跃成为彼时上海滩上最大的黑帮。

此黑帮，即后来在上海滩上让人们胆寒的青帮。

他们贩毒聚赌、走私军火、行劫窝赃、贩卖人口、绑票勒索，无所不敢，无所不干。他们的勾当可谓无孔不入，穿梭于上海滩的三百六十行里。

很快，上海滩内外被他们搅得腥风血雨，得不到一丝安宁。他们倒是迅速发迹，腰缠万贯。

不久，林桂生和黄金荣就在上海麦高包禄路钧培里（今龙门路），建造了森严冰冷的豪宅——黄公馆。

在这里，续写他们更多的传奇。

林桂生就此成了那在上海滩叱咤风云的"白相人嫂嫂"。

* * *

在林桂生的辅佐下，黄金荣成了令人闻之生畏的大人物。

只是，世间好物不坚牢，彩云易散琉璃脆。他们的感情，有了裂缝。

话说，当初林桂生在经营"烟花间"的时候从苏州选了一个小侍女，取名李志清。由于人机灵、长相乖巧，林桂生不忍心让她沦为妓女，就留在了身边做贴身侍女，当成女儿来对待。在嫁给黄金荣时，亦将她带到黄公馆一起生活。

谁知，正是这个侍女给了她锐利的一击。

当金钱堆积如山时，黄金荣开始整日沉沦女色之中，不过对他用钱喝花酒，林桂生素来不管。烟花地走过的她，深知这是男人的劣根性。但黄金荣竟然和她最心爱的侍女走到了一起。

这对林桂生来说，无论如何都是一种深深的伤害。

原来，林桂生婚后没能生下儿女，所以就领养了一个儿子，并把自己最疼爱的侍女李志清许配给他做了童养媳。不幸的是儿子十七岁去世，年纪轻轻的李志清就成了守寡的"大少奶奶"。

也是，这对李志清太过于残忍。于是，她有了不甘，亦需要一个出口，为自己的后半生做一个打算。跟随林桂生这么多年，也算混迹风尘，李志清心底的算盘打得亦是精准。她将自己后半生都压在了有钱、有权、有势的黄金荣的身上。

夜凉如水的夜，他们上演了一幕香艳大戏。之后的李志清，得到了黄金荣的万千宠爱，成功逆袭，还成了黄公馆名副其实的当家，大大削弱了林桂生在黄公馆的地位。

林桂生着实是被伤着了，可是素来倔强凌厉的她，却没有去做什么。或许是作为女人，她觉得对他有所亏欠吧。

想想这世间事，于她也真是无情得很。

悲痛之后，是木然。

林桂生就此避开他们，一个人守着偌大的正房，开始吃斋念佛了。

杜拉斯曾在《情人》中深情地写过："比之你年轻的容颜，我更爱你这副被毁坏的容颜。"可是，这世间能有几个男子真正爱你那备受折磨的沧桑面容呢？

当林桂生容颜老去，黄金荣不仅出轨，还要休妻。

这让一向高傲的她情何以堪！

黄金荣爱上了年轻的上海名伶露兰春，并想要娶她进门。这个如娇花般姿色过人的女子，心机颇深，定是要做妻，不做妾的。她向黄金荣提出了两个很是苛刻的条件：一，要八抬大轿娶进门；二，要掌控黄公馆的财政大权。

这是赤裸裸的夺权。

黄金荣是为难的，他虽想将她纳为己有，但亦深知林桂生的性情。她虽不管自己在外如何花天酒地，但纳妾是定不允许的。思来想去，他让当时最得林桂生信任的杜月笙去做说客。

烈性似林桂生，既然他不再念及他们之间二十多年的情分，何必再纠缠。寂寞人前、泪洒人后，她绝不会让自己沦为如此可悲的人。于是，她决绝地拒绝，清浅地离开。

既然婚姻留不住，何必让自己那么难堪。

林桂生愤然搬出了黄公馆，只带着区区五万元。

五万元，是她结婚时曾给他的白手起家的钱。

结婚时，没依靠你的钱财，离婚时更不会贪恋，但是一定会要回属于自己的那一份。这是她做人的骨气，也是这段婚姻中最后的尊严，亦是她通透的活法。

* * *

风华绝代、叱咤风云，皆成过往。

林桂生搬到了徒弟杜月笙给她专门寻得的一处老洋房内。说来，她素来器重提拔的杜月笙，算是重情重义之人了。在她离开黄公馆的那天，他亲自前往西摩路处为她租下这套房子，房内家具摆设尽量还原她在黄公馆内的样式。

也算是对她的知遇之恩的一份报答。

自此，林桂生的生活归于静默。

她，不以黄金荣背后的女人自居，亦不以杜月笙恩人自称。尽管此际他们是上海滩最有头脸的头目。她只吃斋念佛，并将那"若你欠了人，最好牢牢记住；若别人欠了你，最好忘记"的谚语，牢念于心。

不哀怨，亦不负任何人地活在自己的傲骨里。

林桂生自是精明。当过往不能追，未来还是要好好规划的。于是，她从苏州找回曾经的恋人，和他一起过起了男耕女织的平常岁月。外界如何，她再不过问。

只是，美色终究是一场阴谋。

话说黄金荣刚刚和露兰春度过新婚的甜蜜，就陷入被出轨的窘境。他的小娇妻露兰春，不仅红杏出墙，还伙同相好的一起卷走了他的所有财产。同时，颇有心机的露兰春还拿走了他装有机密文件的公文包，用来作为要挟和他离婚的法宝。

没有林桂生的出谋划策后，黄金荣的事业更是陷入一团糟的地步。

幡然醒悟，他终记起她的好来。

为修旧好，黄金荣亲自在黄公馆的花园里种下六百棵桂花树，以此表示自己对她的衷情。

只是，今时今日，这六百棵桂花树于她而言，就如六百株带刺的仙人掌。她不愿挨近，怕再被刺得伤痕累累。

有些情伤，于她这样清冷孤傲的女子而言，一次足够。她不会允许自己一再受伤，更不会允许自己在曾跌倒的地方再次受伤。

当林桂生走出黄公馆的那一刻，她即练就了"百年身"，稀疏的白发和渐生的皱纹，都不能扰了她波澜不惊的风华。

一百〇四岁那年，林桂生辞世。

后来的她，虽再没什么惊涛骇浪的人生经历，但是和顺即安。

好过冷寂在石头堆砌的老房子里的"大亨"，孤独终老。

口口碧若城

红尘之外，摘叶飞花，是她倔强的一生

若镜中花，如水中月，她非同凡响的一生是艳绝于世的。

为了活出自我，她以高调彩衣大触世目，成就一世孤绝，诚如那句诗语："摘叶飞花，都成意境。有意无意，都是人生。"

一生未嫁，皈依佛门的她，是倔强的，亦是特立独行的。

民国女子许多，不过最入我心的还属特立独行、才情异绝的吕碧城。

"中国人不太赞成太触目的女人，早在万马齐喑究可哀的清朝，却有一位才女高调彩衣大触世目。便是吕碧城。"这是传奇孤傲的张爱玲，用一支天然妙笔写就的句子。

有傲骨的爱玲一向惜墨如金，尤对女子，却唯独对碧城不同。

如此碧城，必然惊才绝艳，令人高山仰止。

十二岁，她填就一阕怀古词，引得父亲的友人读罢拍案称绝，她就此成名，一时"绛帷独拥入争美，到处咸推吕碧城"。

只是世事莫测，旦夕祸福。

十三岁，父亲溘然长逝。吕家一母四女就此孤苦无依。家产遭族人窥伺，柔弱的母亲因此被诬陷入狱。为救母，她一夜长大，坚韧成男儿。可母救了，婚约却被退，但碧城不悔。

或许，她一生未能嫁亦与此有干系。

不过，惊才艳绝的人不会就此偃旗息鼓成了默声。

之后的她，风雅独步，叱咤风云，横贯文学、政治二界。她的头衔由此丰富：中国最后一位女词人、民国第一女参政、深谙陶朱之术的女商人……

她，用她的倔强，终究将自己活成了一世典范。

"巾帼英雄，如天马行空，即论十许年来，以一弱女子自立于社会，手散万金而不措意，笔扫千人而不自矜，此老人所深佩者也。"是对她生平最妥帖的形容。

龚自珍亦有诗言她："十年千里，风痕雨点斑斓里，莫怪怜他，身世依然是落花。"然于大多数人而言，终身未嫁、皈依佛门的她，倔强无须男人点缀，自己就是一道光。

可像男人一样征服世界，亦可像女人一样热烈生长。

* * *

清光绪九年，也就是一八八三年，初夏，吕碧城出生。

吕家，祖籍安徽旌德，翰苑世家，家有藏书三万卷。父亲吕凤岐，时任山西学政的翰林；母亲严士瑜，通文墨，工诗文。

碧城，排行老三。

自小，碧城于姊妹中就表现得尤为慧秀多才。

约莫几岁的样子，父亲看着满园春色，诗兴大发，吟出"春风吹杨柳"的句子时，正在攀花枝的小碧城则出口对道"秋雨打梧桐"，着实惊着了父亲的。

此女可教也，故而父亲也对她多加栽培。

碧城亦不负父望，在诗词书画上的造诣颇有成绩，时人赞其曰

"自幼即有才藻名，善属文，工诗画，词尤著称于世。每有词作问世，远近争相传颂。"

十二岁，她更赋词一阕："绿蚁浮春，玉龙回雪，谁识隐娘微旨？夜雨谈兵，春风说剑，冲天美人虹起。把无限时恨，都消酒樽里。君未知？是天生、粉荆脂聂，试凌波、微步寒生易水。漫把木兰花，错认作、等闲红紫。辽海功名，恨不到、青闺儿女，剩一腔豪兴，写入丹青闲寄。"引得时年有着"才子"美誉的樊增祥读罢，连连拍案叫绝，断不信这词句是出自芳龄十二的少女之手，后写诗赞曰："侠骨柔肠只自怜，春寒写遍衍波笺。十三娘与无双女，知是诗仙与剑仙？"

如此碧城，因着自身才情和父辈揄扬，就此成为京津一带名气斐然的名媛才女。是年，她的文章，在诸报刊上刊登；各种文艺聚会上，也多见她的身影穿梭。

彼时，人皆道的是："绛帷独拥人争羡，到处咸推吕碧城。"

诚然，碧城的诗词是极美的，读来自有一股绝美超然的情愫袭上心头，一如她的名字——碧城，有的全然是"仙人之城阙，超脱于红尘雾霭，只遥思那片无垠的辽远壮美"之意境。

尤其是她的诗。

"香港第一才子"陶杰曾写道："并非首首闺秀纤巧，而是烙印了时代的烽烟。手笔婉约，别见雄奇，敏感玲珑，却又暗蓄孤愤。"

于诸人，每每阅她的诗时，都会于依稀间看到她在时光的荒野中渐行渐近。光影流转里，她这个"不是和羹劳素手，哪知香国有奇才"

的婉转蛾眉女子，带着一丝朦胧冷艳的唯美意蕴，若流星般划过夜空飘然而至。

这般地让人目眩神往。

* * *

一八九六年的秋天，注定是个冷寂的秋。

那一年，父亲吕凤歧一病不起，不久就撒手人寰。

十三岁的吕碧城，一夕间失去了父亲，不过这还不是全部，孤儿寡母，又有些许家产，"无后为继"成了"硬伤"。

于是，吕府门前还白幡幔飘摇，悲伤仍深浓，一群窥觊家产的族人便蜂拥而至。

纵使吕碧城和姐妹才情若天，在族人无耻的嘴脸下，也皆是无用。

为了达成目的，他们将母亲推搡出门，并教唆一众匪徒劫持了母亲，将她幽禁。

只一瞬，她和姊妹的世界即将坍塌。

幸而她不懦弱，面对姊妹的无助，她决定一人撑起这个支离破碎的家。于是，她开始了救母之路。她凭着一股韧劲，开始给父亲曾经的同僚、友人、学生写信求援。

一番求援下，竟见了碧海云天的洞明。

一封写着"樊伯父亲启，自先父去世，族人以无后为名强占吕门田宅家产，今竟幽禁家母，吕氏一门，徒留四名孤女，望伯父念及与先父同门之情意，救家母于水火，碧城泣血百拜"的信到了潘增祥的手中。时年，任江宁布政使、两江总督的樊增祥阅后，念及往昔情谊，怜惜她们孤儿寡母，立即驰援出手相助。几番周折，母亲被救出，家产也被保全。

本以为，一场浩劫平息，谁知，伤痛还在后头。

吕碧城收到了婆家的一纸退婚书。

九岁，她与同邑汪氏议婚。虽是媒妁之言，于她却也似信条一般写在心头。十三岁的她，虽然若白纸一般，也是对婚姻有着憧憬的，尽管不知那个人俊朗与否，才情如何。

然而，这姻缘凉薄，经不起世事推敲。

汪家觉得"仁孝果敢"的碧城是不安分的，将她看低，传话道："吕三小姐小小年纪，就能遇事呼风唤雨、翻云覆雨，日后过门，怕难管束调教。这要是嫁过来，恐怕不是个安分守己的主儿！倘不如意，还会无端端惊动官府，我们汪家担待不起……"

面对如此欺辱，经历一劫又一劫的吕家自是无力反对的。于是，碧城母女于势单力孤中，只求得全，含恨而忍。

可是，在那时，被退婚可谓满门蒙羞。

碧城再是坚韧如磐、不落俗，也是被深深地伤着了。她体味到的是欺辱，亦是耻辱，更是世态炎凉。

这之后，此伤害如同烙印，深刻在她心底。一生都未曾淡过。

* * *

若不经种种变故，碧城或许如那时的万千女子一般，会成为深闺里的一朵兰花，娇美羸弱。

然而，俗世多宿命，她注定要长成一株坚韧的木棉，在时光里兀自挺立、光风霁月、磊落明净。

一九〇三年春。

年方二十的吕碧城，与好友一起听了学堂的讲座，萌生了去天津求学的想法。谁知，话音未落却被保守的舅父严词训斥，言她不守本分，要她恪守妇道。

为此，她愤懑满怀，离家出走，独身去了天津。

她，要做她自己，不要做无根的依附，隐忍度一生。

也好，她这一走，让文坛从此多了一位赫赫有名的才女。

在天津举目无亲，未能难倒吕碧城。她辗转找到在《大公报》任职的舅父秘书的夫人，虽牵系不深，她也写了信去求助。天意为之，这封信被《大公报》的总经理看到，即刻被她文辞吸引，于是，聘她做见习编辑。

吕碧城就此成了《大公报》的第一位女编辑。一首《满江红》，即艳惊四座。

《大公报》因她的加盟，销量高居京津地区榜首。

一首首诗词，一篇篇兴女权的文章，带着横刀立马的气概成了那个混沌时代里的高亢羽声。

成长之伤痕，曾让她度秒如年，然而她并未就此认命，而是奋起成为一个郁郁葱葱若树一般的女子。她说："中国要想成为一个强国就必须四万万人合力，因此不能忽视二万万女子的力量。解放妇女，男女平权是国之强盛的唯一办法。"

如此，"漫把木兰花，错认作、等闲红紫。辽海功名，恨不到、青闺儿女"。

不愿再让世间女子仰人鼻息地生存，为了让更多女子可以掌控自己的命运，碧城决定兴办女学。

说做就做。

那时，袁世凯正任直隶总督，为推行教育改革，而奏请慈禧太后废除科举制度，建立新式学堂。此举措，对于为开发民智，维护女权，积极筹办女学的碧城而言，恰逢其时。

一九〇四年十一月，在天津道尹唐绍仪等官吏的拨款赞助下，"天津公立女学堂"（后称北洋女子公学）正式成立。

吕碧城任总教习。她亦成了中国第一位女校长。

那一年，她仅二十一岁。

吕碧城的学堂，坚持女学平民化，真正做到了济世救国，倡导教育平等；她创立的学堂，成绩亦显著，深得袁世凯的赞赏。

冲天美人虹起。如此碧城，成了《大公报》主编英敛之笔下"中国女界'硕果晨星'式的人物"。

* * *

世有女子号"碧城"，在报上看到吕碧城的名字后，慕名来访。

她们二人，同坐案几，相见恨晚。

她们谈妇女之压迫、之解放，亦谈男子和女子之间的不公，从日上三竿到黄昏日暮，共进了晚餐，又同榻而眠。她们是如此的相似，只是，她们政见相左。

同为争取女子地位，她们一个主张教育，一个主张革命。

但这并不会阻碍她们成为惺惺相惜的至交。

同为女子，皆有男儿烈性的她们二人，是为同一类人。

号"碧城"的女子，叫秋瑾，为女子革命，她着男装，效仿男子携剑而游，有着"女侠"的称号。

大碧城七岁的秋瑾，力劝碧城"彼密劝同渡扶桑，为革命运动。予持世界主义，同情于政体改革，而无满汉之见。交谈结果，彼独进行，予任文字之役。"

只是，碧城的心里没有秋瑾般的革命热忱。她委婉拒绝之。

次日，秋瑾东渡扶桑。碧城依旧尽心教育。

虽二人"殊途同归"，但皆为女子而争，故世有"女子双侠"之称谓赋予她们二位。

一九〇七年七月十五日，是个太悲伤的日子，秋瑾不幸罹难。无人敢去收尸，是碧城冒险将她安葬。

遍地狼烟，这险冒得有点儿大，她因此遭到清政府的追捕。

幸好，钦佩她的人甚多，亦不乏高官权贵。其间，就有袁世凯的二公子袁克文。他听闻吕碧城案，念其才学，故找到父亲袁世凯求情。未曾料到的是，袁世凯亦是碧城的头号粉丝，一句"若有书信往来就是同党，那和吕碧城还有书信往来的我，岂不也是乱党，莫非连我一起抓？"

在袁世凯的影响下，清廷没有谁敢轻举妄动，碧城由此脱罪。

念其恩，碧城即刻到了袁府答谢，后还出任了袁世凯总统府秘书、咨议等职，直到见袁世凯蓄谋称帝，她才毅然辞官，移居上海。

急流勇退，她开始远离政治，投身到商界。

炫目的背景，良好的人脉，优雅的举止，吕碧城的生意做的是风生水起，仅三年便一跃成为上海滩上的商贾巨富。

如此碧城，竟硬生生地从骨子里沿袭出一份上海女子的精明干练来。

彼时的她，是奢华的、物质的，不过，她并未沉溺其中，她的心中始终有一个声音提醒着她，因此她始终对苍生抱着如森村诚一所言的"幸福越与人共享，它的价值越增加"般的济世关怀。

吕碧城对慈善公益事业尤其热衷。

《旌德县志》中如此记载道：吕碧城"疏财仗义，乐善好施。出国留学前，从在沪经商盈利中提取十万巨金捐赠红十字会……"

是的，她依然还是那个"以一弱女子自立于社会"的碧城，有着热血男儿心的碧城。

令人敬佩，亦如此可爱。

＊＊＊

如此的碧城，有才情、更貌美。

人前，可肆意招摇。

人后，是为男人眼里的"惊才绝艳"，女人心仪的"风致娟然"。

可惜，"才高人畸零"。

与碧城交往的男子众多，亦不乏才子、高官与巨贾，然却"生平可称之男子不多"。千帆过尽皆不是，她终究还是成了民国第一剩女。

关于红尘情爱，碧城是深谙过其苦、其痛的。所以，爱里的她是警觉的，如同惊弓之鸟，触之会退，谨小慎微。

坊间，曾流传过吕碧城和袁世凯的二公子袁克文有过交往。

早在碧城任职新华宫时，袁克文确也是爱上了大自己七岁的碧城。那时，她的一部《晓珠集》闻名于世，袁克文对其极为欣赏，赋词写文传于碧城。碧城亦早闻克文颇有才名，见其诗词情致后遂心有所赏。

后来，因时局种种，碧城远避到沪上，他们之间仍有书信往来。

只是，后续情愫了无。

后来被谈及，碧城对此只淡淡地一笑道："袁属公子哥儿，只许在欢场中偎红依翠耳。"

醒世高洁似她、深谙世事亦是她，由此她之爱之顿悟是这般的清雅明了。

也是，她想要的只是一个可以唱和的知心人而已，不过，男欢女爱之事，本就是"当事者自不可轻率为之"的。

她的爱情信条是：不将就。

碧城深知，袁公子风流倜傥，有花花公子之名在外，况她还年长他七岁之多，端的不是可托付终身之人。

如是，远之。

＊＊＊

这之后，吕碧城的人生换了一种姿态。

她将自己变成了上海滩最知名的交际花。

穿露背装，跳交际舞，把自己的照片到处送人，她成了最自由的那一个，无牵无挂，只按自己的喜好秉性生活。她入哥伦比亚大学旁听，攻读喜欢的文学和美术。学成归国，第一时间就在静安寺旁边建了富丽堂皇的豪宅，还专门请了两个印度人昼夜巡逻。

后来，她再次出发去了美国，又转往欧洲，游历了许多个国家后，才在瑞士旅居。没有谁知道她那时的情况，只知她前卫地成了素食主义者，还经常做慈善，帮助流离失所的难民们。

曾经，时任民国交通总长的叶恭绰约她喝茶，聊起她的婚事。她言之凿凿道："生平可称心的男人不多。梁启超早有家室，汪精卫太年轻，汪荣宝（当时江南四公子之一）人不错，也已结婚。张謇曾给我介绍过诸宗元，诗写得不错，但年届不惑，须眉皆白，也太不般配。"

是的，这世间再没有谁能与之匹配。

四十七岁，吕碧城正式皈依佛门。

一身缁衣，把红尘放下。

一九四三年一月二十四日，碧城病逝于香港，享年六十一岁。

她将全部财产二十余万港元布施于佛寺并留下遗嘱："遗体火化，把骨灰和入面粉为小丸，抛入海中，供鱼吞食。"

"世事短如春梦，人情薄似秋云。"

红尘之外，摘叶飞花，是她倔强独立的一生。

如此炫目！

潘玉良

为爱和理念，争取自信的一生

她的出身是卑微的。

然而，她坚韧、努力、独立、自信的品格，

终让她熬过最黑的夜，成为最闪亮的星、最灿烂的晨。

她的丰盈热烈的人生，始终灼丽得令人无法逼视！

我喜欢夜深人静时，一个人蜷缩在沙发里看些入心的电影。

《弗里达》，是我的最爱。

寂静的夜，一个人静静地看着这位墨西哥传奇女画家千疮百孔的一生，心是会被戳伤的。

她离经叛道，美丽与破碎加身，却永有着难以阻挡的女性魅力，妖娆而动人。

如此女子，会让我想起民国时期与她有着同样波澜的一生，却始终绚丽得令人无法逼视的女画家——潘玉良。

她们皆是坚韧的女子，有着一颗锐不可当的心。

这是我喜欢、欣赏的女子的样子。

看潘玉良的一生，心戚戚然，疼痛不已。

幼时，父母双亡；少时，被卖作雏妓。虽幸运地脱离妓院，做了潘赞化的夫人，却始终是个妾。这没有尊严、没有地位的卑微出身，啃噬了她一生，让她不得不半生漂泊海外，最终客死他乡。

然而，翻转而看。

她这一生，她这努力活得丰盈自信的一生，是坚韧的、不屈的、独立的。诚如她自己所说："我的一生，是中国女人为爱和理念争取女人自信的一生。"

生活于她始终是活给自己的，无须看别人的脸色、听别人的指点。

由此，我们得以看到一个生不逢时、际遇堪怜，却摆脱了时代与命运的桎梏，有着盖世艺术才华的绘画大师。

潘玉良，被后世尊称为"一代画魂"的传奇画家。

* * *

玉泽天成，良人如天，是她名字"玉良"的韵意。

玉良，字意间充满的皆是岁月良辰美景的静好。只是，现实却反之千里，命途多舛，她这一生从未曾逃离过厄运。她是个苦命的孩子。

潘玉良出生于扬州一个贫民家庭，一岁丧父、二岁丧姐、八岁丧母。

生如草芥，命如浮萍，从此即成孤儿。

母亲临终前，不得已将她托付给舅舅，谁知就此将她推入更深的深渊。不成器的舅舅，滥赌成性，且亲情淡漠，为了换取赌资，恶毒地将她卖到烟花柳巷中。

那一年，她仅十四岁。

背井离乡，在那里，她做了暗无天日的清倌人。

从此，潘玉良的身上烙上了深深的"青楼"痕迹，一辈子不曾洗刷掉。

在青楼的那段日子里，逃，成了潘玉良的目标。

她曾经逃跑过五十次之多，但每一次都被抓了回来，每一次都是一顿狠命的毒打。

但是，即便这般，潘玉良都未曾放弃掉逃的念头。

人说，你选择怎样生活，就选择了怎样的人生。是如此，若她屈服接受，自然地生，自然地死，那么，她的一生或许永远就困在了这里。

可是，她不会，她这一生都不会选择屈服。

反抗着逃跑的、烈性的潘玉良，让老鸨震惊了，她在妓院经营几十年，什么样的女子都见过，就是没见过她这般难以屈服的女子。对此，束手无策的老鸨只好先让潘玉良学习技艺。

命运眷顾，玉良可以不接客，学琵琶、京戏、扬州小调、江南小调的她，得以有了不同的人生。

如同在废墟开出的花朵，几年工夫，潘玉良成了芜湖最会唱戏的艺妓。

有些人的改变，就是为了某个人。诚如她。

那日，他来芜湖就任海关监督一职，商界好友为他接风洗尘，举办了一场声色盛宴。

席间，商会会长特意让最富才情的玉良献上弦歌一首，以助雅兴。

彼时，玉良已亭亭，虽不是"出水芙蓉"面，却也水灵，有气质。这样的玉良在一众逆来顺受的姐妹们面前，一直是最"鹤立鸡群"的那个。只见她，轻拨琵琶，慢启朱唇，珠圆玉润地唱起那一曲《卜算子》古调：

不是爱风尘，似被前缘误。

花落花开自有时，总赖东君主。

去也终须去，住也如何住？

若得山花插满头，莫问奴归处。

曲罢，他即被感动，内心有了婉转回荡的波动。

他问："这是谁的词？"

玉良答："一个和我同样命运的人。"

他又问："我问她是谁？"

玉良幽幽自语道："南宋天台营妓严蕊！"

他，遂心头一颤，对她心生无限怜悯。

所谓一见倾心，便似他这般。留过洋，身份显赫，仪表堂堂的他，在瞬间爱上了她。尽管，她是青楼女子；尽管，她识字不多；尽管，她并不貌美如花，然而，他就是爱上了。爱上了她的风骨和才情。

千金一掷为红颜，他要为她赎身。于是，卖了祖传的古董，凑够银两将她带出青楼。

如果说，遇到他之前，潘玉良的命运一片狼藉，那么，遇到他之后，她的生命，春暖花开。

一九一三年的深秋，十七岁的玉良穿着他为她买的白色法式长裙，嫁给了他。

新婚夜，她把她的姓氏改成他的。

他的名字叫潘赞化，她便将自己的名字改为潘玉良。

从此，世间再无张玉良。

从此，世间只有宛若新生的潘玉良。

＊＊＊

潘赞化做的最浪漫的事，是教她读书写字、知事明理。

婚后，她买来了小学课本，让他来给自己上课。瑕不掩瑜，他知晓她聪慧灵秀，但仍制定了严苛的规矩：教过的内容，隔天是要抽查背诵的，不及格就不教了。

这对于对知识如饥似渴的玉良而言，是为最好。

玉良比所有人想象中还要努力，经常可见她在书房没日没夜地苦读。这是他最欣赏的样子。

努力而坚韧，具才情和风骨。

渔阳里，是潘玉良与潘赞化当时在上海的住处。彼时，这里住着很多社会名流，比如上海美专教授洪野先生。住在他们隔壁的洪野先生，常常会在自家院子里画画，一墙之隔，她正好能看清楚他画的画面。

时日渐长里，她竟爱上了画画。

没事的时候，她会去洪野先生家里，随性地涂抹上几笔，仿佛打发日子的模样。谁知，未曾学过一天绘画的她，拿起画笔在画布上随性涂抹的几笔，竟被陈独秀先生发现了她的绘画才情。

陈独秀，是他们的证婚人，也是丈夫的好友兼老同学，讶然于她的绘画天赋，便积极地"怂恿"着潘赞化让潘玉良学习绘画。

爱她的他，自然赞同。

就此，潘玉良成了洪野先生的入室弟子。

不久，潘玉良以专业成绩第一的优异成绩考入了刘海粟先生创立的美术专科学校。只是，学校张贴榜单公布成绩时，玉良的名字不见所踪。原来，青楼的痕迹永在，教务主任怕她一个青楼女子给学校落下污秽声名，便刻意擦掉了她的名字。

还好，上天眷顾努力生活的每一个人，包括她。

校长刘海粟听闻后，立刻拿起一支毛笔，在发榜名单上写下"潘玉良"三个大字。就此，潘玉良成了当时的上海美术专科学校的第一位女学生，师从国画大师朱屺瞻、王济远先生。

光阴轻柔，岁月静好，潘玉良如痴如醉地沉浸在绘画学习上。

她对人体绘画最是情有独钟。

然而，在那个思想还非常保守的年代，画人体显然触碰了社会一大禁忌。想来也是，我们的情色爱欲是在几千年里都被藏着掖着的，一旦被这样赤裸裸地大白于天下，是不会被接受的。

有些事、有些观念，即使岁月不居，时节如流，到头来依旧是根深蒂固的。更何况，她还有着青楼的敏感出身在那里。

然而，犹如明月皎洁，映照她心，什么都无法阻止她对人体绘画的热爱。

那个保守的年代，人体模特是罕见的，于是，潘玉良专门跑到公共澡堂子去画。被发现后，遭到群体攻击，她"落荒而逃"。但是，这又如何，自己脱光了就是模特，对着镜子画就是。

"我必须画画，就像溺水的人必须挣扎！"这是潘玉良说的。如同某种信仰。

毕业时，潘玉良的作品，尤其是关于人体素描及速写汇报的展览，惊呆了所有的人。包括刘海粟先生，不过很快他就意识到，在封建思想依旧是主流的社会里，在惯性思维的作用下，她的绘画天赋会被扼杀，永远见不到光。于是，他建议潘赞化送玉良到国外深造。

这世上，最懂玉良的男子就属潘赞化了，最爱她的亦是他。他抛却儿女私情，为她申请了一个官费留学的资格。如此的他，真真是一个"武人不苟战，是为武中之文，文人不迂腐，是为文中之武"。

逢着一个他，于潘玉良而言也真是最幸之事。

一九二一年，潘玉良远渡重洋，到了法国的国立里昂美专进行深造。

只是，她这一离开，亦注定了她的半生漂泊。

＊＊＊

若要在自己喜欢的绘画艺术上有所成绩，一切还得多靠自己，这个道理潘玉良心里始终清晰。

所以在法国巴黎学油画的同时，她又去了意大利学习雕塑。

那时的她，常常绘画到天亮，满屋子都贴满了自己的画，这样的状态她觉得很快乐。她说："我饿着肚子画罗马的斗兽场、画威尼斯宫，我觉得很快乐，我从来没有那么快乐地找到自己。"

于是，在油画和雕塑的结合下潘玉良创立了自己独特的艺术风格。

一九二七年，她的习作油画《裸体》获得了意大利国际美术展览会金奖，从而奠定了她在画坛的地位。

恰这时，老校长刘海粟来国外，见到如此成就的她时当即写下一份聘书。

潘玉良旋即回国，满心喜悦。九年异国漂泊的时光，仍是诸多艰辛的。

归来，潘玉良已非过去的她。在绘画上有着质的飞跃的她，在母校任职教授，同当时一流的名家大师共事。

只是，生之岁月，始终是如"一张繁复不堪的药方，如是二钱，如是一两"。

尽管，潘玉良一再努力改变，努力争取，她身上的那抹痕迹仍在。

那是她满目疮痍的生命本源，一旦印刻即永远存在。在一些人的眼中，她仍然是个青楼出身的妾室。尤其是潘赞化的原配。

这个住在安徽潘家老宅里，过着大门不出二门不迈日子的旧式女子，始终端着她原配夫人的架子，不接受她。

潘玉良为缓解与原配夫人的关系，刻意将她的儿子牟儿接过来抚养，她是想通过抚育她的儿子，来缓解和她的关系。礼数，她是深知的。本来，她是央求潘赞化带自己回老家亲自拜见大太太的。只是，每次潘赞化都推脱。有次带她去了老家安徽，但并没有带她回家。

其实，之所以没能回家，是潘家大太太的不接受。

某一日，大太太突然而至，并火速打电话通知正在上课的潘玉良马上回家。下了课，马上赶回来的她刚进家门口，就听到屋里大太太不客气的声音："我不管她潘玉良是什么著名的画家，我也不管她是什么大学的教授，怎么算在家里头她就是妾，妾就得给大太太下跪，请安。"

恍如被雷劈中一般，所有过往被强行揪出。

原来，一切都在。一切都没有随着时间、名气消失，她的出身里始终有青楼女子的烙印。

隔着门，她听到潘赞化为她据理力争着，心中一阵刺痛。

她不想她深爱的他，对她有无限恩情的他为难。所以，一进门她就"扑通"一声跪了下去。

这一跪，于烈性的她而言，真的难。

这一跪，跪出了她那些看似早已和自己脱了干系的"前世"。

大太太一路为难，她一路如履薄冰，不是怯弱，而是因太爱他，不想他有一丝为难。风尘岁月玷污的只是她的凡胎肉身，那颗水晶心永远一碧如洗，纤尘不染地深爱着他。

只是，穿越了爱情的屏障，却无法穿越世俗的偏见。

一九三五年，潘玉良举办了第五次个人画展，被人恶意破坏。一幅《人力壮士》的画被人撕毁，并被附上写有"这是妓女对嫖客的歌颂"的字条。

本是表现力量的画，竟招致如此侮辱，对她来说是彻底的精神打击，那是她拼尽性命得来的精神支柱。她本以为，可成"破茧成蝶"的蝶，谁知她依然被按在时光的"前尘往事"里，织茧成标本。

多舛人生，尽是绝望和冷眼，她眼眸里深蕴了深寒。

心灰了，无斗志了。

如是，于一九三七年，她借着参加巴黎"万国博览会"的机会，再次赴法。

只是，她未能料到的是，这一走，她即客居海外四十年，再没能归来。

* * *

情不知所起，一往而深，生者可以死，死可以生。

无法回来的潘玉良，心底依然念着潘赞化。

于是，她将"三不"公布于世：一，不恋爱；二，不入外国籍；三，不签约画廊。

她，成了旅法华侨中最著名的"三不"女子，亦成了"三不"主义下最拮据的女子。

潘玉良住在巴黎郊区的一间小阁楼上。身边始终放着的是一块怀表，那是她最爱的他送她的。黄浦江畔，他对她深情地说："想我了，就听听怀表，那声音里有我的心跳！"

国内局势动荡，他一再来信，劝她暂时不要回国。

虽然，思念深，但是安全最重要。

只是，乱世之中，一转身，便再无相遇的可能。

一九五九年，潘玉良离开潘赞化的第十二年，她已盛名，作品在比利时、英国、德国、希腊、日本巡回展览，一时风头无两。然而，他在国内悄然离世。

隔着国度，隔着时局，她是两年后才知晓。

"遐路思难行，异域一雁声。露从今夜白，月是故乡明……"是她最常念的一首相思诗。

她曾笃定地相信，终有一日，他们还可以重逢，过起寻常夫妻的美好生活。

然而，诸多原因使这愿望未能成真。

许多事，无能为力；许多人，错过便是一生。

一切成梦，终老未能复见。

所幸，在法国孤清的日子，有一知己始终在。

是个留法的中国男子，名曰王守义。在法国，他经营一家中餐馆，生活富足，又时间自由。所以，因为仰慕，他时常去看望潘玉良，照顾她，并给她以陪伴。

她举办画展，他帮她；她出入艺术沙龙，他陪她；她去艺术宫殿观赏艺术珍品，他亦陪她；她去写生，他便静静地守着她。

如是良人，她待他始终凉薄。

在一起的日子里，他们始终清清白白。

爱玲曾说过："一个女人莫大的悲哀莫过于墙上的钉子都是自己钉上去的。"

潘玉良亦如是，她一生都在力争上游，唯独爱情不争、守旧，一生只爱潘赞化一人。

在她的心中，潘赞化是她爱情中的一切。

除此之外，一切都是浮云。

刻骨深爱过的人，便会懂得，有些人会化骨成血融入身体里，即便走过千山万水，始终在。

唐代诗人鲍溶曾云："山河不足重，重在遇知己。"

他王守义，于她是难得的知己。

如是安好。

所以，在巴黎蒙巴纳斯墓园第七墓区潘玉良的墓碑上，除了她的名字外，还刻有他的名字。

地老天荒，知己相伴终老，亦好。

＊＊＊

一九七七年，八十二岁的潘玉良逝世于法国。

临终，她嘱咐王守义："遗体就近埋葬就好，遗作请务必运回国，转交给赞化的子孙。这样，就算我回到家了……"

回望她的一生，心有安然。

她这一生，一身傲骨，历尽千霜不改初心，始终努力地生活，始终独立、丰盈；一辈子都在争进取，做最真实坦荡、铁骨铮铮的自己。

唯不争的，是爱他。

爱他，是她唯一的皈依。

令人欣慰的是，盛世风华，她那如微光在夜空闪烁的才华，她那痛苦执着而又晶莹剔透的灵魂，终于在这个世间，得到妥帖地安放。

一提及，世人皆称她"画魂"。

上官云珠

淤泥里长成，美了一生，要强了一生

淤泥里长成的她，曾在中国电影史上熠熠生辉。

短暂、浓烈的一生，是美丽的一生，亦是要强的一生。

只是，情缘里的宿命劫数，让她成为记忆。

她流芳千古的人生，布满沧桑印痕！

"我的身世太苦了，要是拍成电影谁看了都会哭。"这是上官云珠在《太太万岁》里的一句经典台词。

未曾想却一语成谶，成了她一生的写照。

她是淤泥里长成的女子，美丽了一生，要强了一生。

她一生都想要生活在云端，并一生都在为之努力：杀伐决断，敏锐警觉，体贴周全，甚而势力，所付出皆是非常人所能及。她一生都仿佛在与命运抗争，坚韧的、强势的生命力：勇敢、上进、不屈服，甚而迎难而上，终让她成为一颗耀眼的明珠。

她是那个年代里，美貌与天才演技兼有的明星。

只是，陌上公子人如玉，红颜佳人多情爱。

花容月貌、敢爱敢恨的她，一生都在追求爱和幸福，万花锦簇中却未能真正收获一场美好的爱情。

阴差阳错中，幸福总是和她擦身而过。

她一生遇见了五个男人，三次结婚又三次离婚。终，皆沧海横绝，各成彼岸。是遇人不淑，还是山盟海誓皆轻许，我们后世的人不能知。

但知，她经历无数坎坷，一切都未能如愿。

于是，她用最壮烈的方式和这个世界告别。

如同天上一颗孤独的星。陨落！

她这一生，因为太过好强而惨烈。

虽让她光芒万丈，但亦让她万劫不复。

***

上官云珠的原名，叫韦均荦。

一九二〇年，出生于江苏江阴长泾镇的均荦，是家里最小的女儿。

起初，韦家家境还算殷实。韦父精明能干，分家时拿到一部分钱去到上海滩淘金，炒期货、做金融。只是，后来世道多变，生意赔了，家道就此中落。

一家老小的生活基本上是靠韦母织土布来维持的。

再后来，韦家大女儿韦月侣和儿子韦宇平，撑起了这个家，他们中学毕业后纷纷到上海教书谋生。

这样的韦家，是个温暖而充满书香的家。

小时的韦均荦，因为有姐姐、哥哥们的庇护，于不愁衣食之中进入校园去接受教育。于那个年代的大多数孩子而言，是为幸运。

学业里，她并非特别优秀，像那时多数读书的孩子。于辗转中读了几个学校后，她来到了苏州。

烟雨氤氲的苏州，是旖旎的、婉约的、柔情的、浪漫的，柔软的吴语，迷人的太湖，精致的园林，幽深的小巷，缠绵的细雨，一朵芙蕖，两樽艳酒，万种风情。

水影花光，如诗如梦。

在如此美好的城，均莘遇见了她的爱情。

彼时，在她就读的乐益女中教书的张大炎，恰是哥哥的同学。于是，他对貌美如花的她，喜欢、照顾多了几分。

均莘是生得美的女子，娇小玲珑，是典型的江南美女。

张大炎是大户人家的少爷，虽大她九岁，但气质儒雅，尽显男子魅力。

郎才女貌，一对璧人谈起了热烈的恋爱来。

许是年少，他们越了雷池。

十六岁的年纪，均莘怀了身孕，幸好他不是风流的公子哥儿，火速娶她为妻。

均莘就此成了有钱人家的少奶奶。不久，生下了大儿子张其坚。

长泾的张家是少有的富绅，有大大的院子，有用人，有管家。虽那时婆婆不甚喜欢她，但是老公张大炎宠她、爱她，亦是足够。

若是没有战乱，生活，亦应是静好。均莘的一生，抑或是另一个面貌：做一个阔太太，不愁吃穿地安守一家老小，过一生。

可是，一切宁静败于战事。

一九三七年，战争爆发，他们的家乡也遭到轰炸，为避难，他们一家老小逃到了上海。

命运就此改变。

＊＊＊

适逢乱世，逃难的人生活是贫穷的。

均莘和张大炎，为了躲进相对安全的租界，只得住进贫民聚集的庆福里。来时虽带了银两，但会坐吃山空。为了谋生，均莘和张大炎分别找了工作。张大炎谋到了教书的职业，她则到了何氏照相馆当了开票小姐。

说着一口长泾话的均莘，虽身高只一米五左右，但胜在俏丽娇美，一双明眸，顾盼生辉。何氏照相馆的何老板，在第一眼时就看出了她的优势。他要让她当自己店的展示模特。第一天上班，他即领着她出了弄堂，到霞飞路上买了最时髦的衣服，然后，给她拍了一系列的照片，并一一展示到橱窗前。

巴黎大戏院（今淮海电影院）边上的何氏照相馆，不乏明星名媛来往，个个都貌美如花，但若她这般娇俏的不多。她因而成了照相馆的招牌，彼时，来照相馆的人排队而列，只为一睹她的芳容。

那时的均莘，还不会讲时髦的上海话。但是，这又如何，她每天只要换一套漂亮的衣衫，精心打扮，亮相一番，就惊艳无比。

被追捧的感觉是如此美好，让均莘有了向上生长的心。她惊觉原来自己的美貌可以如此吸引人，于是，心底有了当一名电影明星的愿望。若能像阮玲玉、胡蝶那般，光芒万丈亦好。

于是，均荦暗暗为自己找了语言老师，纠正自己的口音，好能说就一口时髦的上海话。后来，她更考到光华戏剧专科学校学习表演。

有些机遇是留给有准备的人的。诚如那时的她。

相馆的何老板，原是明星影业公司的摄影师，跟当时上海滩上的电影界人士来往甚是密切，尤其和影业公司老板张善琨颇为交好。爱演戏的她，在何老板的引荐下得以进了新华影业公司演员训练班。

离当演员的梦想，她又近了一步。

在这里，机遇又一次向她招手。原来，张善琨当时正与红极一时的女星童月娟因片酬产生分歧，于是，他就想借貌美的她来顶替童月娟。要出演的电影是《王老虎抢亲》，彼时导演是卜万苍，在做宣传的时候因觉她的名字"韦均荦"太过拗口，就为她起了个艺名"上官云珠"。

一时间，上海滩上"上官云珠"的名字，响在碧海云天。

尽管最后因张老板与童月娟和好，她被换下，但是，她终顶着"上官云珠"的艺名，就此踏入她向往的演艺圈。

上官云珠的事业，在她的不懈努力争取下，终有了些门目。不过，她的感情生活却出现了问题。演员这个职业，不似其他，是需要抛头露面的，在那个年代，这对于任何身处丈夫这个角色的人，都是不乐意的。

张大炎，亦如是。

张大炎十分反对她演戏，尽自己所能来劝阻她。

要独立走自己的路，是上官云珠始终坚持的。

他们之间，分歧渐生。

＊　＊　＊

生命是繁复的，要想过好这一生，必须有所付出。

上官云珠亦然。

为了做好一个演员，她放低自己，向任何相关的人赔笑脸。她谦卑、上进、刻苦，只为可以成为真正的演员。

她是非要出人头地的。故而，苦头亦吃了许多。

每一次出演，她都倾尽全力，一丝不苟。

眉眼俏丽的上官云珠，确也适合演员这一职业。她拔细了眉毛，高高挑起，尖尖的下巴再抵在旗袍的领子上，便有了精明世故的上海美女的模样。她的气质里，始终有一点点风尘的冶艳，又兼有着江南小家碧玉的婉约，是导演喜欢的可塑型演员。

大约在上官云珠入行的第二年，她得以出演她的电影处女作《玫瑰飘零》。时年，"才子佳人""鸳鸯蝴蝶"类的文艺片正流行，她亦出演不少，渐渐地靠着自己，开始在影坛崭露头角。

沉浮在弱肉强食的名利场，没有靠山、没有权势，这个仅靠自己的强韧女子，在暗里经过无数被碾碎的挣扎。在弱势里，她也想要找到一个可以依靠的浑厚肩膀，而丈夫张大炎并不可能提供的。

　　恰这时，她结识了姚克。

　　姚克，风度翩翩，是个金色的少年。他有着美国耶鲁大学的才气、是中国首家英文杂志《天下》月刊的编辑，亦是话剧圈响当当的大编剧，每一个头衔，都足以让女子仰慕爱上。

　　而上官云珠为了有更多的演出机会，加入了"天地剧社"，并出演了姚克编剧的《清宫怨》，虽只演了一个小小的宫女，却就此跟大才子姚克产生了爱情。

　　风云变幻中的上海，人心是浮华的；容颜是被物质和虚荣点缀的。于是，她向张大炎提出了离婚，转而嫁给了姚克。贫民窟的阁楼里，自此没了她的身影，儿子亦跟随张大炎回了故乡。

　　除了名利场，除了成功，上官云珠的世界别无牵挂。

　　她搬进了法租界的永康别墅，自此吃穿用度皆是那时女明星们的标配：有一个很大很大的衣橱，里面挂满了各种式样的旗袍，匹配之的还有披肩、短袖开衫、手袋、鞋子、丝袜……

　　梳妆台上，更是各种名牌化妆品，口红、香水、霜乳，应有尽有。

　　一年后，上官云珠和姚克的宝贝女儿姚姚出生。

　　岁月，到此应该静好，可是生活总是波澜四起。在他们在一起三年后，姚克另寻新欢。上官云珠知晓后，没做任何妥协，毅然决然地和姚克离了婚。这一次，她将孩子带在了身边。

毕竟，是貌美的女子，亦吸引无数目光。

比如当时的著名演员蓝马。很快，他们生活在了一起。或许是怕了婚姻里的善变因子，这一次，上官云珠没有草率结婚。她和蓝马虽日日在一起，也只是同居了而已。

蓝马应很爱她。他竭力向《天堂春梦》的导演汤晓丹推荐了她，上官云珠亦不负所望，将一个妖艳的、势力的、凶狠的龚妻演活了。就此，她成了上海滩一颗耀眼的明珠。

只一提上官云珠，她的姿容立刻如在眼前。

而后，她又出演了人人皆知的《太太万岁》《乌鸦与麻雀》《一江春水向东流》等著名影片。

上官云珠成了上海滩顶尖的大明星。

只是，情感的道路依然波折——蓝马的自由散漫，导致了他们最终分道扬镳。

人生路上，她只能孤零零地前行。

* * *

上官云珠是有傲骨的女子，从来都是。

她不会依附于任何人，也从来不允许自己依附于任何人。凡事靠自己，是她生活的信条。

有许多年，她都是一个人操持一个家。

直到，遇见程述尧。

北京富家子弟程述尧，是个温良的男子，毕业于燕京大学，与黄宗江、孙道临是同学，亦是文艺舞台上的活跃分子。

一九四六年，他曾与黄宗英结婚，后因黄宗英爱上了赵丹而离婚。

与上官云珠结婚时，已是一九五一年。

彼时，程述尧任上海"兰心大剧院"的经理，他们的婚礼就在此举行。

起初，这也是一段良缘的。

上官云珠带着姚姚，进了程家的门，程述尧即把姚姚视为己出。对她，更是宠爱有加。有过情伤的人，有时会更珍惜再拥有的一切。不久，他们有了爱的结晶，即儿子灯灯。心地善良若他，曾特意跑到孩子们的房间，对灯灯的奶妈如是说道："以后你不光要宝贝灯灯，也要宝贝姚姚。"

如此男子，是可以交付一生的。

可是，生活的惬意总不能够一直伴随她，当生活趋于静好，大海就会掀起浪头，拍击她。

这次，亦然。

一九五二年，他们仅仅蜜意情浓了一年多，厄运就降临了。

程述尧不幸被人诬陷，成了贪污犯。

若他刚硬，自始至终不屈服招认，或许与烈性的她也不会走到陌路。然而，自小被宠的公子哥儿根本不知涉事凶险，恶人很恶，就是要置他于死地。他只觉自己清白，查账不过是走个过场，谁知，恶人刻意坐实了他的"污点"。

他做人从来坦荡，但心不够细的他在记账上难免有疏漏，以为争取一个"坦白从宽"，自认贪污了，还清就是。可是，如此一来便让恶人达到了目的，坐实了贪污的罪行。

彼时，上官云珠正处在演艺事业的低谷。她不再是如日中天的大明星，而是被划为末流演员。不服输的她，有傲骨好强的她，正积极向上争取更多机会，他却认怂地成了她事业的拖累。

承认自己没做过的事，坐实了莫须有的罪名，于他倒是一身轻了，于她却不是，这污点成了她事业上的绊脚石。

于是，她气愤非常，给了他一记耳光，势要与他离婚。

在事业面前，于她，所有的情意都是轻的。

为了事业，上官云珠倔强地成了交际能手，给摄影师送时兴的领带、外国香烟、巧克力等，只为能在镜头里捕捉自己最好看的一面；陪同事去跳舞、吃夜宵，周旋于江湖。对所有人，她总是微笑。

当事业处于低谷时，她更是如此。她努力着、积极着，拼尽全力迎合当下。

有污点的丈夫，让如此的她如何能忍受。

要知道，那时她为了积极表现，再不演什么交际花、名媛之类了，而是脱下精致衣衫，穿上了列宁装，跟大家一起到处巡演。

所以，上官云珠决绝地跟程述尧离了婚。

不久，上官云珠跟上影导演贺路走到了一起。贺路，对她心仪已久，是个心细的人，适时的关心恰弥补了程述尧的粗枝大叶。但是，上官云珠没有和他结婚，时日不长里亦有了悔意。

能走到一起，并不是多么的情投意合，而是仰慕她的贺路的小心机。但是，五十年代的社会风气，已然不允许她任意再在感情上闹得风风雨雨了。便也就只能一起这么过下去。

还好的是，事业总算在她的奋起努力下，有了转机。

从《南岛风云》起，上官云珠彻底与千娇百媚的过去决裂，成功演绎了一位女游击队员。受到了陈毅市长的认可和接见，亦受到了毛主席的接见。于是，她又成了耀眼的演员。

一九六二年的"新中国二十二大电影明星"里，她亦位列其间。

只是，岁月没饶过她。

她病倒了，被查出乳腺癌，很快还出现了脑转移。

她因此丧失了读、写的能力；往后的两年，她是在医院度过的。

也真是意志坚韧的女子，生存下去的强大毅力，竟然让她奇迹般地恢复了。她能开口说话了，亦能一笔一画地书写了。

只是，前路漫漫，再不静美，只剩荆棘密布！

＊＊＊

世间离苦，她不曾怨；人生喜乐，她不曾恋。

唯事业看不到希望时，她觉得生无可恋。

浮浮沉沉，她这一生多跌宕起伏，其间种种，或许只她最冷暖自知。我们这些看客，只能感叹自古红颜多薄命吧！

盛爱颐

向光生长，如夏花般绚烂、耀目

爱情之于她，不是寻常的一餐一饭，

而是生活中的英雄梦想。

在最好的年华被辜负，却始终保持优雅、从容，

于不卑不亢中活出自我。

回顾她跌宕起伏的一生，

是如一部历史画卷，风骨独立而傲然；

一如夏花般绚烂，耀目！

那一年，春风十里飘荡着宋子文和张乐怡的缠绵恩爱。

郎才女貌，璧人相当。

这是她用十年最好年华等来的结果。

望眼欲穿盼君来，盼来的却是故人变心。那个许诺非她不娶的负心人，一转身就牵了别人的手，许了别人与之偕老。

世事一如春梦，情浅若浮草。

她因此大病一场，留下优雅一生中唯一一次失态。

曾有人用纳兰的"当时只道是寻常"来形容他们有缘无分的爱情，然于永远心傲倔强的她而言，她和他的爱情更像是《山花子》中的"珍重别拈香一瓣，记前生"。

是的，她这样的女子，对于感情的决绝更似七尺男儿。

所以，当多年后，已婚的宋子文想与她再续前缘时，她只清冷地说了句"丈夫在家等我"，就转身离去。从他负她那一刻起，他早成过客。此去经年，岁月的风霜亦早将她的心磨砺得刻薄寡情。

他和她的故事，在她二十七岁时就戛然而止。

这之后，她的人生只有今生没有前世。

她的今生，被她决绝地付诸庄夫人的内侄，她的表哥庄铸九。

虽然嫁得潦草，尽管心里再没有爱情，炽热的心也成灰烬，但从此她可相夫教子，不问过往，只过自己精彩的人生。

晚年时，她最爱拖把椅子坐在街边，呷一口雪茄，烟雾缭绕里应有她欲与之逃之夭夭的少年，那时她少年正风华。只是，白驹过隙，岁月催人老、情早逝，一切物是人非。

当年盛家是盛家，而她是闻名上海滩的名媛盛七小姐。

而今，她只是个优雅的小老太太，那明媚少年早不见踪影。

世事难两全，青鬓华发生，寸寸光阴里故事皆成戏文，她的故事亦然！

* * *

盛爱颐，是含着金汤匙出生的富家名媛。

一九〇〇年，盛家还是上海滩第一豪门，淮海中路上的盛公馆，豪华气派，犹如皇家园林。

这一年，盛夏，她盛七小姐出生。

父亲盛宣怀，是晚清重臣，彼时是上海滩上最大的资本家。他靠创办洋务实业起家，胆识过人，为李鸿章之幕僚，亦官亦商，创造富甲一方之财富。母亲庄夫人，出身望族，是常州大户人家的千金，精明过人，善于理财治家，是为盛公馆当家人。

盛爱颐从小聪明伶俐、见多识广，是盛宣怀最宠爱的女儿。她就读于上海最好的学校，精通英文，亦能画善绣，习得一手好书法。

如此的她，刚一亭亭，即成上海滩最负盛名的名媛。

只是，风云突变，辛亥革命后，她的父亲被迫流亡日本。一时，风烟起，盛家危殆，幸得母亲运筹帷幄，才得以保全。

不过，五年后，父亲不幸去世。

虽然，葬礼是一场盛世，但是盛家已然不是从前的盛家了。

而她的爱情，在这一年悄悄到来。

那是一个叫宋子文的少年，翩翩公子一枚，气度不凡，不似四哥纨绔子弟之模样。所以初见时，她即对他刮目相看，加之知他留洋归来，更是膜拜仰望不已。

他本是四哥的英文秘书，怎奈四哥社交繁多，常在盛公馆睡到午时才起，害得他常常到盛公馆来汇报工作。是新式的人，却有着西洋的规矩作风，对待工作十分认真，亦深谙时间观念。这样的他种种都深得她心。

彼时，盛爱颐似出水芙蓉貌，一双如朝露般清澈灵动的眼眸，让他也忍不住沉沦。

他主动做她的英语老师，只为可以更多地亲近于她。

于是，每天等候四哥的时光，他用来教她英文，而后跟她讲述他知道的、见过的异国风光、风土人情。未出过国的她，被他的才情吸引，一颗少女的懵懂的心，亦为他绽放，如细雪，似夏花。

只是，深得她心的他，未能让母亲认同。

此时的宋家，还未曾在历史上写下最浓墨重彩的一笔。

如此门不当户不对，他再优秀，亦是无法打动庄夫人的。盛家子女，个个嫁娶皆名门显贵，对于掌上明珠，自己最爱的女儿，庄夫人是断然不会也不能够这样轻易许配给他的。

盛爱颐的爱情，因此有了悲剧的底色。

＊ ＊ ＊

一纸文书，她爱的他即被发配到武汉。他们的爱情，因为距离有了相隔。

不过，倔强倨傲的宋子文，是知晓盛家的这调虎离山计的，所以，去了武汉没几天他就回到了上海。对于自己的爱情，他是不甘的，亦是执着的。于是，他回来了。

只是，此际戒备森严的盛家已非他可以随意出入的地方。

他只好日日守在盛七小姐必经的路，等她。

那日，盛爱颐正好坐四哥的车出门。四哥张扬的"4444"牌照，一下子就入了宋子文的眼。他飞身而上，势必要飞蛾扑火般扑向自己的爱情。

她在车上，满目寂然，四哥问她，见不见。

她不语，四哥当即让司机绕过。怎奈，他死活也不让路。

车窗内，她泪如雨下，偷偷将一张纸条从车窗递给他，约他于杭州相见。

是八妹见她为情所伤，人日益憔悴，所以约她一起去钱塘江看潮散心。恰好，由此和他一见，续满心相思。

钱塘江边观潮，桂花香正浓，他一句"七小姐"，让盛爱颐眼泪盈眶，爱意汹涌，她知他在自己心底的分量，只是母命难违，她仍不知道如何面对他的深情。

观潮、赏月、闻香，一切都如此美好。

只是快乐短暂，他们即将分离。

离杭返沪时，他忽然拿出三张船票，邀她跟他去广州。彼时，他已被孙中山启用，即将展开他的仕途。可是盛家已经式微，繁荣不见，仅母亲一介女流撑着一个大家庭，她不忍也不能就这样跟他私奔而去。

私奔，于母亲是最残忍的伤害。而于她，背负着私奔二字过一辈子，亦是不愿。

可是，她又如此深爱他。

思忖良久，她将一枚金叶子送给了他。"君心如磐石，妾心如蒲苇。蒲苇韧如丝，磐石无转移"，她说："我永远在盛公馆等你。"

金叶子，是上流社会的重礼，宋子文知晓她对自己的心意。

她怕他没钱，苦了自己，所以重礼相赠。

只是，他领会了她的心意，却未能领会她赠他金叶子的深意，在上流社会间金叶子还代表着男女间的定情信物。

潮汐汹涌，若那时的他能懂这深意，或许，后来的他们结局会有所不同。

可惜，时光无倒流，有些事情发生了就不能更改，有些情逝去了再难追回。

她和他，这一别就此成了陌路！

＊＊＊

一九二七年，于盛爱颐而言，是兵荒马乱，是痛彻心扉。

她失去了母亲，也失去了爱人。

一生坚毅果决的母亲，不幸病逝。偌大的盛家顷刻倒坍，盛公馆再无昔日荣光。她瞬时觉得世界只自己一个人，寂寞深长，身旁再无人可以倾诉。

痛苦未消，四哥和侄儿们就联合起来要独占财产，将她和八妹排除在外，只因她们是待字闺中的女子。情何以堪，所有家人中，她与四哥血脉最亲，一母同胞，他们都是庄夫人所生。

然而，于缺钱花的盛老四，都不重要。

幸而，她是新女性，虽高墙深院里长大，但她熟悉当下法条，依据民国男女平等的相关法律，未嫁女子享有与胞兄弟同等的财产继承权。于是，她决定用法律维护自己的权益。

一纸诉讼书，将三个哥哥（盛恩颐、盛重颐、盛升颐）、两个侄子（盛毓常、盛毓邮）一起告上法庭。"法律上以男女平等为原则，明确未出嫁之女子，有与同胞兄弟同等继承财产之权"，是她在诉状里写到的。

因为是盛家，此案一出当即轰动。

一个月后，法院判决书下，她赢了官司，分得应得的白银五十万两，为中国女性的财产继承权开了先河树了榜样。

如此，真好。

可是，也伤了她的性灵，亲情有时也是虚无，唯有靠自己人生的路才可走下去。她本还顾念亲情，只想向哥哥们要十万大洋出国留学。可是被无情拒绝，于无可奈何里，才有了这亲兄妹对簿公堂钝挫伤情的事上演。

人生几度凄凉，盛家已非她的暖房。

盛爱颐开始更怀念故人。寂寞拉长身影的日子里，她仿佛又回到和他相处的那些个朝朝暮暮，暖煦花香，草长莺飞，烟姿入远楼，影铺春水面。是如此的美好。

可是，"易得无价宝，难得有情郎"。在她痴痴地守着诺言等他时，他正和别的女子你侬我侬。

有时，男子的爱情，真的是此一时彼一时。

宋子文到了广州以后，很快就向出身名门的张芸英展开了疯狂的追求。只不过，张芸英不喜欢他，对他始终冷漠拒绝。他也像追求盛爱颐时那样执念着不放弃过，直到拿着一枚戒指向张芸英求婚时被一顿羞辱，才罢了手。

接着，他又热烈地恋上了名媛唐瑛。两人是秋波流转，浓情蜜意了的，只是唐瑛的父亲禁止子女与政客往来，加之唐瑛的哥哥因他而惨遭暗杀，他们这一段情才落下帷幕。

之后，在政界混得风生水起的他，遇到了年轻的张乐怡。

张乐怡，乃九江富商张谋如之女，身材高挑、模样俊美，是不可多得的婉约的名媛。而他，年届四十，正高官厚禄飞黄腾达，是名副其实的钻石王老五。初相见，她即闯入了他的视线，诚如他多年后回忆说的："她仿佛是我期待已久的情侣……相识恨晚，胜过盛七小姐。"

是的，这女子胜过她。

故而，这女子成了他的妻。

而她，就此成了过往。

＊＊＊

山盟海誓，与之偕老，是盛爱颐心底最深的羁绊。

所以，在他离开后的多年里，她拒绝了无数提亲的人，也拒绝了无数爱慕自己的人。

然而，他阔别归来，竟"使君有妇"。他已非过往那个出入盛家的普通小子，而是叱咤风云的政坛人物。他应忘记了爱她的誓言，还高调地携娇妻频繁出入上海各式圈子。宋太太，亦很快成为上海滩最风光的名媛。

她用七年漫长的光阴来等他。

寂寞蚀骨，都未曾放弃过。

到最后，还是被这样无情辜负。

繁华热闹，不过都是空，她就此大病一场。

不过，她并没有就此萎谢。两年后，三十二岁的盛爱颐嫁给了母亲的内侄庄铸九，尽管仓促，或许草率，然而于她却是难得的决绝和清傲。

君心已不在，爱便成徒劳。

罢了，不如从头开始，过平淡生活。让一切成过往，从此她的世界她说了算。

新婚当年，她即用自己遗产的一部分，建了百乐门舞厅。虽然后来经营不善，日渐亏空后转手他人，却也见了她作为女子的魄力。

创业失败后，她开始深居简出，尽量避免跟他和他的娇妻相见。

他，已成暗影，影在她身后，再不入心。

所以，当愧疚的他设法借助盛家兄嫂安排了那场再续前缘的宴会时，她表现得很是冷若冰霜，一句"丈夫在家等我"，将他拒之千里之外。也是，时光无情，但伤害有痕，她七小姐的人生曾经跌倒过一次了，她不允许自己再次跌倒。更何况，她那因他而炽热的心，早已化为灰烬。

余生，她要活出自己的精彩。

后来的后来，也还是有交集的。或许天意弄人吧！

霸占财产的四哥突然露面，白发苍苍，一脸沧桑。他已非过往的少爷模样，而她也儿女绕膝。四哥是来求自己的，因为他的儿子，即盛爱颐的侄子盛毓度。盛毓度因事被抓入监牢。盛家托遍了关系都没能将他救出，到最后打听到只有宋子文可以帮忙。于是，四哥才放下脸面来求她。

颜面于盛爱颐何等重要，她端的无法主动联系他。

于是，她拒绝了四哥。

隔天，一个陌生的年轻女子来见，一进门就跪地不起。

原来，这是盛爱颐未曾谋面的侄媳妇。看着梨花带雨、楚楚可怜的侄媳妇，盛爱颐最后心软答应了。恩爱情仇，再重也抵不过生死。何况，是自己的亲侄子。于是，在反反复复思量后，她拿起电话给他打了过去。

他，仍是她心中的一根刺，触摸即痛。所以，当她打那通电话的时候，她的心在滴血。

她问：可否帮忙放我侄儿。言语，冷若冰霜。

他答：OK。言语里，充满喜悦。

她说：明天中午我要跟侄儿吃饭。语气依然冰冷。

他回：七小姐开口，没有宋某办不成的事。话语里，充满雀跃。

他还想再说什么，她啪嗒一声挂断了电话。

电话那端，他怅然若失，愣在那里。

或许，对于男子而言，都会若张爱玲笔端的佟振保一般，心里有着一朵红玫瑰和一朵白玫瑰。

于宋子文，亦然。

没娶成的盛爱颐，成了他心口的一颗朱砂痣。

他将自己三个女儿的名字里都加上一个"颐"字，因他始终怀念她；他，始终没有将那把金叶子还她，因他舍不得他们曾经的那份缱绻情意。

* * *

向光生长，盛爱颐一辈子活在优雅和从容中。

百乐门转手后，她靠着丈夫庄铸九不菲的收入和巨额遗产的银行定息，将日子过得也很是滋润。

膝下，有儿女；夫妻，亦恩爱。

这样最简单的生活，也是生活最好的样子。

她住花园洋房，穿优雅旗袍，还喜欢抽雪茄，闲了写写字，如此幸福安稳地过了很多年。

直到那个特殊年代，她的这种静好的生活才被打破。丈夫和儿子纷纷被打成"右派"，下放到乡下劳改。一直养尊处优的她也被迫住到工厂车间里，紧邻化粪池。

可是，即便如此，她的日子也并没有过不下去。

当繁华已逝、家道没落，她平和坦然地接受，积极地参加文化扫盲工作，帮助不识字的妇女同胞们认字，依然保持曾经的生活习惯，养花、写字、读书。仍还是会偶尔抽抽她爱的雪茄。

雪茄，是在日本的侄子盛毓度经常给她寄的。

只是，她不知道的是失联的侄子之所以能够快速跟她取得联络，背后有宋子文的缘故。

　　盛爱颐最爱搬一把小凳，坐在路边的菜场旁边抽雪茄。然后，看买菜的、卖菜的往来不息。烟雾缭绕里，她始终淡雅从容。风烛残年，她早已看淡世间风起云涌，尽管那时她已孤苦伶仃。

　　八十三岁，她平静、体面地离开这世间。

　　从此，尘世里流传的是她静美、透彻、向阳而生的传奇一生。

　　一如夏花，亦绚烂，亦耀目！

唐瑛

明媚如水，美人最懂如何爱自己

自古红颜多薄命，然她却打破了所有关于美人的诅咒，富有、美丽、时尚、有才情的她，是名媛的翘楚、时尚 icon、爆款女王。

风生水起，艳光四射里，爱自己是她谨念于心的信条。

由是，「舞低杨柳楼心月，歌尽桃花扇底风」，她摇曳着身姿，美了一辈子。

二十世纪三十年代的旧上海，名媛云集。

当时，她是名媛的翘楚，出身名门，美丽、高雅、时尚、有才情。"北方有绝色，南方有佳人"，她即是南方的那个佳人。

好的家教、好的环境、好的教育，锻造了她的名动全城，她因此成为上海滩最靓丽的风景，最时尚的 icon（偶像）。

同时，她还是上海滩智慧、勇敢的新时代女性。

做名媛，她做得风生水起，如一只精灵翩跹之间绘制出一幅华丽画卷；做摩登 icon，她做得光彩照人，长相漂亮、五官精致，穿衣时尚、前卫、别致的她，可谓风头无两；做戏剧，更是做得风生水起，她和陆小曼演绎的一曲《牡丹亭》，让她俩获得"大上海的绝世双姝"之美誉。

难得的是，她在爱情中甚为清冷内省。

爱情于她，不过是拈花弹指，无论世事如何变迁，她最重要的准则就是：爱自己，拎得清。

所以，她会毅然决然地放弃正飞黄腾达的宋子文，又放弃虽绅士却不懂风情的富家子弟李祖法。

所以，在她的生之岁月里没有什么爱之繁花的涟漪无数，更不会有为爱飞蛾扑火的决绝。

于是，她选择了与其貌不扬的容显麟结为秦晋之好。

容显麟和她是同一类人。他们都是把人生的华丽卷章交付给"享受"二字的人，说白了都是会爱自己的人。

她的人生，因此没有感情的羁绊。

经年累月里，她携她的良人专心地做着她的美人，在上流社会的社交场里舞尽繁华。

二十世纪四十年代，她去了香港，后来移民美国，依然在做的是——爱自己，做美人。

就此，浮光掠影里，她仰赖着她天鹅一般的傲美姿态，艳美、绰约得让人不敢直视。

* * *

一九一〇年，唐瑛出生于上海。

父亲唐乃安，是庚子赔款资助的首批留洋学生，也是中国第一个留学的西医，归国后凭一手好医术在上海开设了高级私人诊所，专门给当时的权贵看病。

母亲徐亦蓁，亦是优秀的女子，作为昆山大家族徐家的小姐，毕业于中国第一所女子大学——金陵女子大学，受过高等教育的她，是具有新思想的新时代女性。

如此一对璧人，组成的是一个见识独到的，富甲一方的"新贵"

家庭。

含着金汤匙出生的她，很得父亲喜欢，他专门为她取名——唐瑛。瑛，取《说文》里的玉光之意。

家境富足的唐家，人脉甚广，彼时是上海滩最有资本的西化贵族家庭。

笃信基督教，深受西方文化影响的唐乃安和徐亦蓁，对子女的教育理念甚为先进。因而，唐家姐妹皆接受了甚为良好的教育。

唐瑛当时上的就是上海滩赫赫有名的贵族女子学校——中西女塾。

十年前，宋家三姐妹曾在此就读。之后，张爱玲也在此读书。

这所完全西化的学校，以贵族化的风格培养学生们成为出色的女主人，说白了就是名媛培养基地。

学校如是，家里更如是。

唐家，是要培养唐瑛成为一个耀眼的名媛的。所以，她从小就学习舞蹈、英文、戏曲，另外还要修炼名媛的基本功，即衣食住行、谈吐举止，是样样都考究的。

家里专门为唐瑛请了礼仪老师和英文教师。另外，还专门请来裁缝、梳头女佣等。她的衣服，都是量身定制的。

除了这些，还有做为名媛前提的一些规矩：身材，是要天天量的；身形，是要月月修的。吃饭，也是有规矩的。几点吃早餐，几点喝下午茶，几点吃晚饭，都是有着详细的精准的时间表的；每一餐亦是严格按照合理的营养均衡搭配的；吃饭时，亦不许摆弄碗筷餐具，更不能边吃边聊，汤再烫都不能用嘴去吹……

唐家小女儿，唐瑛的妹妹唐薇红八十多岁时曾回忆当时境况，如是说："小时候家里光厨子就养了四个，一对扬州夫妻做中式点心，一个厨师做西式点心，还有一个专门做大菜。"

如是种种，听来精致奢华，然而修炼起来亦是如苦行僧般的。

不过，若要成为出类拔萃的名媛，若要在上流社会里成为翘楚，这是最基本的筹码。

唐瑛深知这一点，所以始终坚持，于极度自律下让美长在骨子里，亦一直到老。

如是，我们才可透过浮光掠影，看到一个如玉如珠一般精致一生的美人。

* * *

名媛，不是一日之功。

蔡康永笔端描述的名媛母亲，更是如此。他写："每天十二点起床洗头，做头；旗袍穿得窄紧；心情好的时候，自己画纸样设计衣服；薄纱的睡衣领口，配了皮草；家里穿的拖鞋，夹了孔雀毛。"

名媛的唐瑛，亦如是。

即使不出去交际的一天，她也是打扮精致的，比如会换三套衣衫，早晨穿短袖羊毛衫，中午穿精致旗袍，晚上则着一袭西式长裙。要是家中来客，她还会专门依据客人的喜好来挑选衣衫与之搭配。

她的衣橱里，衣服多到时装明星都自愧不如，十只镶金的大箱子、一整面墙的衣柜，都是用来装她的衣服的。

她的旗袍尤其多，并且还极具特质。妹妹唐薇红如是说："她的旗袍，会滚很宽的边，绲边上缀满各式图案的刺绣。比如，她有件旗袍绲边上灵动着百来只金银线绣的蝴蝶，点缀以缀红宝石的纽扣……"

拥有许多华服的她，还拥有着许多 Channel No.5 香水、Ferregamo 高跟鞋、CD 口红、Celine 服饰、LV 手袋……

要知道，那还是二十世纪的二三十年代，许多女子还小脚深缠，粗布衣衫遮体。

不过，唐瑛不是华丽衣衫堆砌的艳美花瓶，她骨子里极具审美，眼光独到、时尚点敏锐。在她繁多的衣衫里，有太多是自创。

唐瑛常常去逛鸿翔百货。

当时，鸿翔百货享有"沪上最高档百货公司"之美誉。唐瑛每去，若遇到让人眼前一亮的衣服，她都默默记下款式，然后再融入自己的审美，让家里的裁缝师傅裁剪出来。如此，既拷贝了最新的款式，又 DIY 了自己的标签，一如当下的高定。

由此，每每唐瑛穿出去的衣服，都自成风格、极具特质，别致、新颖、时髦、前卫，又独一无二。

就此，经由她演绎的衣服皆成潮流，并迅速以"唐瑛款"标签流行。

唐瑛自十六岁惊艳上流社会交际圈，一直是名媛中的翘楚。

着一袭中西混搭的时髦衣衫，说一口流利的英文，昆调唱的亦好，还会跳舞和弹钢琴，山水画一出手也是惊艳四方的唐瑛，刚一亮相，即引起轰动。

时年，恰有陆小曼这般的名媛翘楚居于北平，故而坊间对她们俩如是赞誉："南唐北陆"。

南唐，是为她；北陆，即小曼。

不过，诚如蔡康永笔端的名媛母亲，成为她这样一个完美的名媛背后也有着我们无法体会的艰辛。

比如，当时就有报道说：她为了练习好一个舞步，足足练了一天一夜。

所幸，唐瑛的付出皆有回馈。

这样的她，被沪上杂志《玲珑》视为"交际名媛"之榜样，鼓励新女性向其学习；《春申旧闻》里也对她施以笔墨："上海名媛以交际著称者，自陆小曼、唐瑛始……门阀高华，气度端宁"；另外，当时国外若有什么大亨名流来沪，身为"沪上名媛"的她是必定被邀在列的，第二天的报纸上亦必定有她的名字和照片；报纸上的标题，也常常写着"唐瑛是上海滩最顶尖的时髦女郎"……

由此可见唐瑛的风华绝代和风头无两。

＊　＊　＊

一九二七年，"南唐"和"北陆"相逢，一如"金风玉露"碰撞。

唐瑛与陆小曼一起于中央大戏院演绎了昆曲《牡丹亭》中的《拾画叫画》，唐瑛反串男主柳梦梅，小曼则扮演娇媚的杜丽娘。她们一个轻摇折扇，一个低眉漫步，一曲终，于水袖流转、顾盼生辉之中，成了全国各大报纸的头条。

一时，风头无两。

彼时，唐瑛才年方十七，一袭白衫，含情脉脉地道尽"情不知所起，一往而深"。

如花美眷，似水流年。不过，现实中美人的爱情却非戏曲中的这般跌宕起伏。

最早拜倒在唐瑛石榴裙下的男子，是杨杏佛。

杨杏佛，身为孙中山先生的秘书，彼时颇具影响力。初见唐瑛，即被她迷住，此后便念念不忘。君子好逑，他专门托了刘海粟到唐家说亲。然，直接被反感政治人物的父亲唐乃安拒绝。

乱世之中，岁月静好、现世安稳才是最难得。

父亲希望自己的女儿平安顺遂，免于受政治牵累。

落花有意，流水无情。于唐瑛而言，杨杏佛从未在心底掀起过任何涟漪，父亲如何抉择于她都云淡风轻。

后来，是同为政界才俊的宋子文。

时年，宋子文正担任民国财政部长，可谓是帅气多金的"钻石王老五"。他们的交集，更多来自哥哥唐腴胪。与宋子文一同在美国留学的唐腴胪，在宋子文飞黄腾达的时候成了宋最信任的秘书。因而，宋子文常常到唐家做客。

初见，他即对唐瑛钟情。

彼时，她正明眸皓齿、风姿绰约。

于是，他开始对她展开疯狂的追求。面对他的追求，她说不出拒绝的话，但对年轻才俊的他仍还是有好感的。不过，不浓烈罢了。

在宋子文几经特意制造的各种甜蜜下，她同意了做他的女友。

这一次，父亲唐乃安仍是反对的。一朝天子一朝臣，乱世更如此，跟他走太近更有不可预知的危险。

结果，一语成谶。

一九三一年的一天，宋子文在上海火车站遇刺，结果却是身穿同样衣服的唐瑛哥哥唐腴胪被刺客误杀。

唐家，为此一片哀绝悲痛。

唐乃文当即让她断了与宋子文的往来。宋子文，亦觉愧对唐家，放下了执念，选择了放手。

他们的爱情，就此结束。

于唐瑛，或许应对他动过真心的吧！不然，在她的抽屉里不会一直放着当年他写给她的那二十几封情书。或许，在某个月朗星稀的夜，她也会托腮展笺，但仅限于此。

因为，对唐瑛来说，爱情从来都不是空气，爱自己才是必需。

所以，爱情来来去去，她皆可静观，而不会耗尽元气，伤筋动骨，更不会飞蛾扑火。

诚如同时期的林徽因说的："真正长存于世的美，从来不止于皮囊，更是一个女人身上散发出来的独立和智慧。"

是的，在爱情里，她与林徽因都是难得的清醒内省的美人。

故而，她们终在爱里圆满，活成最美好、最高雅独立的自己。

＊＊＊

一九二七年，唐瑛嫁给宁波"小港李家"、沪上豪商李云书的儿子李祖法。

李祖法是父亲刻意物色的。

所以他们之间，没有风花雪月的浪漫，有的只是媒妁之言。这样的他们，也就没有了所谓的浓情蜜意，隔阂亦会丛生。

他们之间最大的悲剧，在于他们不是同一类人。

李祖法，虽是留学归来的高才生，但是他的思想一点儿也不新，反而很是古板，骨子里传统而守旧。

如是，他们这一对外人眼里十分般配的金童玉女，于婚姻的内核里是十分不搭的。

唐瑛活泼聪颖，善于交际；李祖法少言木讷，作风老派。

这样的他们，是如此的不合适。

尤其是李祖法根本无法理解唐瑛的各种交际，昆曲、戏曲、歌舞，于他是为浮萍，不屑一顾。所以，他特看不惯她的"招摇"，更看不惯她频频出现在报纸头版头条。

婚姻矛盾，就此显露。

一九三五年，于唐瑛是风光无限，于他们两人的关系却是至暗时刻。那一年，唐瑛在卡尔登大剧院演出英文版京剧《王宝钏》，外语与国粹的混搭，让唐瑛赢得了无数文艺青年的爱慕，演出之后大剧院被围堵得水泄不通。

　　她，不是明星，却更胜似最红的明星，一出场，就吸引万千目光。

　　不过，这于认同"女子无才便是德"的古板李祖法，却是不可忍的。他黑着脸、沉默冰冷地抗拒着这一切。贤良淑德，相夫教子。这样的女子，才是他心目中的理想妻子。然而，她却不是。

　　于唐瑛，这如同软禁，她又不是温室里的花朵，娇柔没有主见。

　　相反，她是独立的、勇敢的，她不会为了成全而失去自我。所以，只要能做自己，哪怕离婚又如何。

　　于是，在唐瑛的坚持下，他们离了婚。

　　不将就，做自己，是唐瑛信奉一生的信条。所以，不如意的婚姻里她坚持这么做了。

　　一九三六年，唐瑛带着六岁的儿子离开了李家。

　　他们这一段姻缘，终在年华细数之中灰飞烟灭。

　　离婚后的唐瑛，并没有消沉，反而在自己喜欢的社交场上更加如鱼得水。

　　"彩袖殷勤捧玉钟，当年拚却醉颜红。舞低杨柳楼心月，歌尽桃花扇底风"，是她要的生活。

　　世间缘分牵，仿佛是为了等他这个人，唐瑛与在友邦保险公司工作的容显麟相遇。

是对的时间，亦是对的人。

容先生，出身亦显贵，叔叔是中国的留学生之父容闳，父亲乃民国总理熊希龄的侄子。如此身世亦是跟她相搭的，最重要的是，他们是同一类人，有相同的兴趣爱好。容先生如唐瑛一般活泼而热衷交际，爱好亦多样，骑马、跳舞皆在行，也是十足的文艺爱好者，他们俩在一起有聊不完的话题。

世间知己最难遇，如是，很快他们就开始交往。

不久，两人决定共度余生，并于一九三八年在新加坡完婚。

一九三九年，在美国度完蜜月的两人回到上海，彼时这里已成乱世，上流社交圈已然静寂，于是，唐瑛便专心在家做贤良的妻。

他仍然是最懂她的人。每个周末，不管工作如何忙，他都会抽出时间来带他们母子去游玩，或陪她看喜欢的戏曲，或带孩子吃喜欢的汉堡，生活静好而幸福。

这样的两个人，成就一段令人艳羡的佳话。

* * *

夫唱妇随，琴瑟和鸣。

一九四八年，唐瑛跟随丈夫到了香港，后移居美国。

在美国，容先生继续做他的老本行，而唐瑛则继续做她的美人。

一九六二年，容先生离世。

他们在一起二十四年，神仙眷侣一般。

之后，唐瑛搬到儿子隔壁的一个单元，生活依然静好、从容，她仍化精致的妆，穿华美的衣服。

爱自己，是她一直的修炼。

爱美的她，依然会去看自己喜欢的戏和电影；也会约上好友打牌、打麻将；兴致好的时候，还会做小点心、炒菜、包馄饨。

谁说，如花美眷抵不过似水流年。

人间烟火之中，唐瑛始终过得精致而有情调，美了一辈子。

在唐瑛的手边，有个直通儿子房间的电铃，到最后她都未碰过一下。晚年的她，自律、精致、优雅，从未用过保姆，也没麻烦过儿子、孙儿。

生活的一切，都是自己打理。

一九八六年，唐瑛在纽约寓所静静离去。

"宠辱不惊，闲看庭前花开花落，去留无意，漫随天外云卷云舒"，说的就是她这样的美人心境。

岁月流转，年轮碾轧，历史尘埃中让自己美了一辈子的唐瑛，最是令人难忘。

因为，她风骨奢华，不只打扮成了一个美人，而是活成了一段风华绝代的传奇。

严仁美

如花美眷，她之绝代风华

她，是美人，亦是佳人，倾国倾城、绝世而独立。

岁月如流，叠影深深，风刀霜剑，她每每都可跋涉而过。

是聪慧所致，亦是通透所致。

是如，上海笙歌里，皆是她的绝代风华！

清末民初，是个热闹的时代。

此际不仅盛产改变世界的奇男子，还盛产无数惊才绝艳的名媛。

严仁美，是为其间一个。

生在煊赫之家，亦是个倾国倾城的美人。

最重要的是，她有着同时代名媛所没有的传奇人生。

经过一个世纪的漫长岁月，她每遇困难，总会有朋友帮她，使她化险为夷、转危为安。

能如此，是因她貌美如花吗？

显然不是，亦不足够。最重要的，是她聪慧、善良、大爱、恩慈，由此，她获得了许多人得不到的好人缘，拥有了一大票肝胆相照的好朋友，且还个个身份了得，比如，孔令仪、赵四小姐、八大闺密团；更获得了长辈们的爱护，盛异颐把她当成了亲外甥女，盛家一直没有孩子的五小姐盛关颐认她做干女儿，孔令仪的母亲宋霭龄也将她收为干女儿。

可见是她会做人，通透得知道自己该成为怎样的人。

所以，在发现丈夫出轨后，跟强势的婆家打离婚官司时，宋霭龄、孔令仪和盛静颐等通通挺身而出，助她顺利离婚获得自由；当乱世之中遇到纠缠不休的无赖日本军官时，亲朋好友快速为她找到避风的坚实后盾；当许多名媛遭了罪时，她却从未曾受到一丁点儿的波及，原因无他，是每次她都很好地被大妈、大嫂、四邻们保护起来……

如此，她的人生过得平顺、美好。

而今，她仍在，一百〇五岁的年纪，有着四代同堂的亲人，收获无数艳羡和祝福。

真好。

* * *

严仁美出生在一个海派的大家族。

那是，一九一五年。

彼时的严家，是真正的贵族。

作为李鸿章幕僚的曾祖父严筱舫，在上海创办了中国第一家银行——中国通商银行，而成为当时最著名的实业家，是为宁波帮的"开山鼻祖"；祖父严子均颇具其父风范，最擅长经营钱庄，将家族生意做得更是风生水起。

到了父亲严智多这一代，严家已然从富商转为上海滩最名副其实的贵族了。

如此富庶的家，婚配给长房长孙的严智多的是上海房地产富商刘梯青的女儿，即严仁美的母亲刘承毅。是的，那时权贵之间，早就不单打独斗了，多靠联姻来巩固财富及社会地位。多金多财的严家亦如此。

而她，是此际严家出生的第一个孩子。

可惜，严仁美一落地就让父辈失望了，尤其是母亲，她当场就哭了。冒着难产的风险，她熬了三天三夜才生下来的孩子，竟然是个女孩。要知道，她一直盼望着的是个可以壮大严家的男丁。

并且，她还生得难看。瘦巴巴的，头上一根毛发都没有。

于是，母亲对她有了嫌弃。

幸而，祖父严子均不以为然。他反而觉得她很可爱，嘴里说着"不要紧，不要紧……"给她取了"美"字的名字。寓意是她会越来越美丽的。果然，后来的她不负他望，成了倾世倾城的美人。

可是，母亲心底一直有芥蒂。

母亲对于没有头发的她，怀有心病。听说剃光头可以长头发，于是，在她不到两岁的年纪里，母亲已经先后给她剃光了七次头。可是，即便如此，她的头发还是没有长出来。

直到严仁美两岁的时候，一个儿科医生的亲戚将她带到英国去调理，她才有了一头茂密的秀发。

可是，母亲又觉得她不长个了，矮了，着急的不成。

或许，天下母亲皆一样，对于小小孩童心有万千担忧和期盼，尤其是第一个孩子。

幸而，后来母亲生下了弟弟，对严仁美的变味的关注才渐渐减淡了些。

而她，自顾自地越长越美了。

只是，不久后她心里有了伤痛。那是在她六岁的时候，母亲在生下第五个孩子不久，就因生产虚弱，高烧不退，不幸去世了。

小小的她，就此没了母亲；小小的心，就此有了黑洞，那里藏着对母亲无限的依恋和不舍。据说，有好长一段时间，她都痛苦得不能自已。

这之后，她跟着太婆生活。

上天眷顾，因此，她遇见了自己一生的闺密，即后来成为赵四小姐嫂子的吴靖。在一个世纪的漫长岁月里，她们俩的百年友谊永在。

至今，她们两个年过一百的老人还经常写信，互诉"衷情"。

如是，命运待她真好。

* * *

贵族的家，都是深似海的。

她们家，也不例外。庭院深深的严家，家教亦是很严的。

严家的孩子们，最初的学习都是在家里的，年龄大了才会去学校。严仁美，也是这样的。每天按部就班，她也没觉得怎样，可是，好友吴靖去到启秀女校上学时，她的心就痒痒了。

严仁美渴望跟吴靖一样，能到校园去。

于是，小小的她第一次勇敢地为自己的想法进行了争取。在最疼爱自己的祖父的支持下，严仁美如愿去到启秀女校，跟吴靖做了同学。

当她十岁左右的时候，她又一次给自己争取了优质的教育。

此际，严仁美的五姑要到著名的中西女塾任教，出于对这所学校的向往，她决定跟随姑姑一起去。

这个决定自然遭到了父亲的反对。父亲，是守旧的，传统的，虽富甲一方，但他的观念里仍是女孩子读书没用，嫁个好人家才是。

这是严仁美不认同的，骨子里的反抗因子促使她再次去央求祖父。

果然，祖父最权威。一发话，她就得以顺利进入中西女塾了。

中西女塾，是贵族学校，亦是豪门望族千金们集合的地方。在这里，严仁美结识了民国财政部次长张寿镛的女儿张涵芬、黄楚九的女儿黄惠宝、中国驻法国大使的女儿唐民贞、福建富商林家的小姐林樱、苏州洞庭席家的外孙女沈幽芬……

她们成为最好的朋友，还因此组成"八人闺密团"。

严仁美的社交能力，也就此显现。在八人团里属她人缘最好。

不过，再好的朋友都比不过吴靖在她心中的地位。她们性情相投，且渊源颇深。她是严筱舫的第四代长孙女，而吴靖的母亲则是严筱舫的大女儿。她们相差三岁，虽隔着辈分，却无比亲密。

这是因为她们的童年时光都是在严家大洋楼里度过的。

从她六岁母亲去世起，到十岁，这四年的时光里，她们朝夕相处，一起读书、一起玩乐，亦一起深受着严幼韵、严莲韵、严彩韵的影响，女性之独立、女性之成长，在她们的心间悄然绽放。

吴靖十三岁那年，因身体缘由回到了天津的父母身边。

她们就此分开，然分不开的是她们之间那绵延若细雪的情谊。她们经常互通书信，彼此交流。

只是，不久，吴靖逃婚了。

而那一年，严仁美刚上初二。父亲就此找到了不让她读书的借口。于是给了她最后的通牒：要么回家待着，要么嫁人。

严仁美自然不服。

父亲就给她出了难题，好让她识趣让步。要求她必须每门功课都得考九十分以上，否则赶紧回家。

父亲认为，女孩子读书多了，才会有这样对抗家族安排婚姻的坏思想。所以，他是坚决反对女孩子多读书的。

可是，他小瞧了女儿。在他的逼迫下，严仁美反而开始发奋，果真，毕业的时候门门功课都得了 A。

然而，那个年代真的对女孩子太不友好。

即便她获得如此成绩，也难改变顽固父亲的腐朽的思想。

他依然坚持"女子无才便是德"。

严仁美生活里的第一件不如意之事，就此在父亲的这旧式笃定里生发。

*　*　*

父亲，耍起赖来。

面对严仁美全 A 的成绩，他就是不再允许她读书了。不仅如此，他还自作主张把她许配了人家。

对方，是长住于上海的富商小马家的公子。

可是，她怎能愿意轻易嫁人。于是，严仁美激烈拒绝，坚决要完成大学梦想。然而，胳膊总也拧不过大腿，父亲态度坚决地将她软禁在家。而此时，疼爱她的祖父早就过世，没有谁会给她撑腰。

严仁美只好绝食。

两天滴水不进，她就此病倒，是肺炎。

在外地思念她的外公外婆急急赶来，才将她"拯救"。他们将她接到了杭州修养。

一年后，通过和父亲的一番讨价还价，他们于各自的妥协中约定好：嫁人可以，但是要继续去学校读书！

凤冠霞帔，严仁美嫁入马家。那一年，她二十岁。

她心底依然有着大学梦。所以，婚后她一边做马家懂事的媳妇，一边在中西女塾做她最爱的学生。可好景不长，第二年她就怀了孕，接着生了孩子。学业，不得已被中断。

她的大学梦，就此破碎。

温良若她，相夫教子，平淡过这一生也是可以的。但此时，严仁美最好的闺密吴靖携着夫君一起来到了上海。逃婚的吴靖，终觅到良人，对方是赵四小姐的六哥赵燕生。自由恋爱的他们俩，尽显甜蜜。只是，凸显了严仁美婚姻的不完美。

马家，到底是个旧式的家庭，思想固化，且规矩多多。夫君马冠良，更是沾染一身旧式公子气，与接受新思想的严仁美在一起，万般的不相配。婚姻的坏，也就在时日里渐渐凸显出来。

严仁美闲时会参加一些西式烹饪班学习糕点的制作，抑或和赵四小姐、赵燕生吴靖夫妇一起开着敞篷车兜兜风，这是贵族学校培养出来的独立女性之新派玩法。可是，她的夫君却不同，他四处兜风只为招摇，只为流连十里洋场的风月场所。

所以，婚后不久他就出轨了。

包办的婚姻，无爱的生活，出轨的丈夫，这让严仁美再忍无可忍。

到底意难平！

她决绝地提出离婚。

旧时风气浓重的娘家，非但不给她当后盾，还劝她不要离。这一次，倔强的她，绝不会妥协。她想到了自己的"亲友团"：好友孔令仪，干妈宋霭龄，还有当时的名门盛家。

终，在宋家、盛家的强烈干预里，严仁美成功离了婚。

就此，她开始追求她的新生活。

* * *

太平洋战争爆发，战乱时刻上海亦是混乱。

彼时，权贵、富商纷纷离开上海。严仁美的干妈盛关颐，也准备离开了。在离开的时候，干妈专门将她叫去，把空了下来的新康花园十五号房子留给了她。

严仁美很喜欢这处房子。

于是，请来人重新粉刷、装修了一番。

只是，她不知道的是日本人在租界的势力日趋增大，日本官员都纷纷租住到高级住宅区。其实，说好听了是租，其实就是抢。

很不幸，于某日严仁美也碰见了一个这样的租客。

租客，不单纯是租或抢，还想霸占强娶她，只因她貌美如花。

起初，她将他拒之，他却纠缠不休，还让一个汉奸来传话，劝说、威胁她。吓得她赶紧躲回娘家。可是，嚣张的日本人却不罢休，不断派人骚扰她、她的家人，还派人盯梢她。

不得已，她是家里的亲戚都躲了个遍。

可是，仍没能躲掉这个无赖。而亲戚们也被无赖骚扰得个个担惊受怕。无奈下，她只得闭门不出。

好友孔令仪听闻后，托人叫严仁美去重庆躲躲，一切准备就绪，她因不舍得儿子，却放弃了。还好，她终有福气。在各方亲戚朋友的协调下，火速觅得一个靠山。

这靠山，就是后来和她相伴几十年的夫君李祖敏。

出身于宁波小港李家的李祖敏，虽是庶出，但至为优秀，毕业于光华大学，有学识亦有才情。初见，她即知他是要与自己相伴一生的人。也是，有些人是可以一眼辨出的。

他们举行了盛大的婚礼。

为防日本人的骚扰，婚礼当天所有的亲朋都出动，更请来了十个人高马大的保镖全程"保护"。

嚣张、无理、傲慢的日本人，果真被这阵势唬住，再没骚扰过她。

李祖敏，真是良婿。

婚后，他待严仁美极好，除了工作，就是回家陪伴她。后来，有了儿女，他还成了最称职的爸爸。他们在一起平淡度日，在吃喝玩乐里安稳。这，是她最想要的生活。

她从来不需要什么轰轰烈烈，只求现世安稳。

这一次，是她理想的生活。

新中国成立后，严仁美在好好研读了新颁布的《婚姻法》后，又提起上诉，终获得了跟前夫生下的三个孩子的抚养权。正所谓，求仁得仁。生活，遂没什么遗憾了。

接下来的岁月，她积极、认真地过着她的小日子。

她，热心、心善。

抗美援朝时，她积极带头捐款；改革开放时，她又积极联络爱国华侨，争取他们的投资为国家建设做贡献；其外，她还经常参加一些女青年会这样的社会活动。

如此的她，获得无数人的尊重和喜爱。

如花美眷，眉山目水，尽是生活意。

真好。

　　　　　　　　＊　＊　＊

　　只是，人生终有一别。

　　二十世纪末，陪伴严仁美五十几年悠长岁月的李祖敏病逝。曾经，他欣赏她、包容她、滋养她，而今皆成一段佳话。

　　如今，她已年过百岁，儿孙满堂，生活美满。

　　她仍保持着健康的生活方式，看报、读书、写字，与最好的闺密通信。

　　时间沉淀，记忆永在。

　　曾经那些跌宕起伏，如云烟抵达他岸。

　　如今，严仁美只是个幸福的老人，膝下有四代人，三十八口人的大家庭和睦、友爱。

　　于她，即为恩赐。

　　芳华，于时间的年轮里消散，那些过往的事也早已渐渐远去。然，风过留香，她永是那倾国倾城的可人儿，得万千人宠爱。

杨绛

优雅一生，质本洁来还洁去

她是这喧嚣躁动时代的一剂温润的慰藉。

丰盈、清朗、坚韧的她，让人看到『活着真有希望，可以那么好』。

她是最贤的妻、最才的女。

盛世风华，淡泊如水，安之若素，优雅一生！

百岁之际，杨绛在自己的散文集里写，自己一辈子"这也忍、那也忍"，无非是为了保持"内心的自由，内心的平静"。

是如此。

作为著名作家、文学翻译家和外国文学研究家、钱锺书夫人的杨绛，她跨越百年的人生是很多人无法企及的。她之丰盈、淡泊，使得一百多年的岁月风尘都难掩她的绝代风华。

曾经，她最爱的、爱她最深的人给予她一个最高的评价："最贤的妻，最才的女。"

我想，她之后无人可担这美誉。

亦有人在采访她之后，如是感慨："她是这个喧嚣躁动时代的一剂温润的慰藉，让人看到'活着真有希望，可以那么好'。"

是的。淡泊、丰盈的她，会让人忘掉时间的残酷，会感叹：老去的是光阴，不老的是优雅。亦会让人感叹：有些人在岁月的锻造里，可以似陈年佳酿，历久弥香、醇厚芳香。

一百年漫长岁月里，她经历过硝烟四起，亦经历过颠沛流离，更见过这世间无数悲戚、肮脏、残忍、不公之事。然而，她始终可在变数里泰然伫立，一如既往地柔韧、清朗、独立着。

她虽生于旧时年代，但是始终与旧时女子的柔顺挨不着边。

活在最传统的媒妁之言的时代里，她敢于为自己的爱情做主；即便在上海沦陷，生活陷入无比困顿的状态下，她也不愿应恩师的邀请去当中学校长，只因不愿牵扯太多政事。

这样的她，是如她写过的："我们曾如此渴望命运的波澜，到最后才发现：人生最曼妙的风景，竟是内心的淡定与从容。我们曾如此期盼外界的认可，到最后才知道：世界是自己的，与他人毫无关系。"

也是，所有的经过只是经过。

你要过的人生，是你想如何过的人生，没有谁可左右。

如此，她一生淡泊如水，安之若素，从不做媚世之态，亦不被俗世所扰，一生只沉浸在文字里，成为这世上鲜少被尊称为"先生"之女性。

如是，于吾辈安好。

＊＊＊

一九一一年七月十七日，杨绛生于北京。

彼时，父亲杨荫杭刚刚从美国留学归来，任职于北京一所法政学校。父亲为她取名季康，小名唤作阿季。

杨家是书香世家，祖籍无锡，家族中多文人、官宦、商贾。

父亲读书勤奋，十七岁即考入中国近代史上第一所大学：北洋大学堂。只是因参与反清革命运动而被除名，后迫于局势逃亡海外。再归来，父亲对时局和政治都有了深刻的见解，转而远离是非做了鼎鼎有名的大律师。

杨绛一生不碰政治，亦与父亲的经历和教导有关。

杨绛的母亲唐须嫈，富贵人家出身，少时曾就读上海著名的女中，和姑母杨荫榆（中国近代史上第一位女性大学校长）、章太炎太太汤国梨是同学。这样的母亲，知书达理，温柔贤淑，有主见，亦有智慧，是父亲一生最好的贤内助，亦是她一生的榜样。

如此父母，才可培养出一个淡泊从容的女子。

杨绛之前，父母还生有三个女儿，唯她最得父母疼爱，尤其是父亲。

聪慧的她，在姐妹中个头最矮，爱猫的父亲就亲昵地戏称她为"矮脚猫"，将所有的溺爱全然融到这昵称之中。

生于旧时的杨绛，从来不是一个旧式的人。

她读的书，都是"文白掺杂"的，上的是天主教会办的洋学堂。父亲亦给予她最新式的思想，她的生日过的从来都是阳历。

八岁回无锡，上海读小学，十二岁进入苏州振华女中的杨绛，从来都是学业精深的那一个。即便在英才济济的东吴大学，她也是鼎鼎大名的才女，除了中英文俱佳外，还擅乐器，弹得一手好月琴，吹得一首好箫声，更工于婉约万千的昆曲。

这样的杨绛，是深得父亲心的，亦深得老师们的喜欢。

彼时，有老师曾给予她这样的批语——仙童好静。

是如此，自小优秀的她从来都担当得起赞誉。

＊＊＊

一九三二年初，杨绛二十一岁，借读于清华大学。

繁花初露，流云飞渡，初到，她即被清华的美吸引。不过，更让她心美的事儿还在后头。

某一日，日暖风和，杨绛去往泛着紫藤幽香的"古月堂"，于门前和钱锺书相遇。

是如冥冥之中一相逢，他们彼此有了"故人归"的深切感受。

这世间，有些人，遇见只是擦肩而过。

这世间，亦有些人，遇见就是一见如故。

诚如，他们俩。

那一日，他着青布衣衫，穿一双毛布鞋，戴一副老式眼镜，谈吐幽默，满身皆浸润着儒雅。一见下，她即为他眉宇间的"蔚然深秀"之气着了迷。

那一日，她双眸剪水，面若初绽的花朵，优雅而知性，是他未曾见过的女子之气息，是如蔷薇花开，香气馥郁入心。遂，他将她谨记于心，无法忘记了。

"颉眼容光忆见初，蔷薇新瓣浸醍醐。不知腼洗儿时面，曾取红花和雪无"，是他见过她之后，写下的当时心照。

由此可见，她对他的惊动为几何。

他，像所有陷入初恋里的男孩一样，迫切地想再见到她。于是，他给她写了信，约定见面。

心意相通的人，会有默契。

再见面，如同老友，两人开始侃侃而谈。

他听闻过，她有男友；她亦听闻过，他订了婚。如是，心里有着彼此的两人，一见面便急急澄清。

他言："外界传说我已经订婚，这不是事实，请你不要相信。"

她说："坊间传闻追求我的男孩子有孔门弟子'七十二人'之多，也有人说费孝通是我的男朋友，这也不是事实。"

误会解，心意表。

就此，世间上演了他们这段旷世之恋。如月明朗朗。

他们恋爱了，甜蜜温暖。

看似憨憨的他，会写撩拨滚烫的情书给她。她的一颗少女的芳心，便在他文采斐然的文字里融化了，如雪成水化雾，与他融为一体。

媒妁之言的年代，他们两家恰门当户对，各自父母皆是江南声名显赫的名士。

于是，他们的恋情，收到的全是祝福、羡慕。

就此，他们这一对璧人，于一九三五年步入婚姻的殿堂。

钱锺书与杨绛，一切，都是最好的安排。

＊＊＊

婚后的他们，琴瑟和鸣、莫不静好。

钱锺书与杨绛的相处，有了李清照和赵明诚的画面："赌书消得泼茶香"。如此的美好。

也是，爱是细水长流，幸福亦然。

不久，他们一同去到英国牛津求学。

钱锺书在生活方面几近"白痴"程度。

从小精于学习的他，对生活料理甚少理会，常常会出现鞋子穿反，鞋带不会系的情况。这些，杨绛是知晓的，所以，她专门陪钱锺书到牛津就读。除了学业，也是为了能照顾到他。

果不然，刚到伦敦，独自出门的钱锺书就磕掉了半颗门牙，幸而有医生朋友帮他包扎。

不过，更多的是相濡以沫。

初到牛津，钱锺书吃不惯西餐，说想吃红烧肉。杨绛便买来牛肉、酱油、生姜等食材给他做。殊不知，她一个富人家的小姐，也是十指未沾过阳春水的。不过，不怕，只要去学就一定学得会，这是杨绛笃定的。

于是，切了肉，加了水，就使劲煮，煮干了再加水，如此反复几次，肉应该是煮烂了的，就是不知味道如何。

好吃吗？

他说好吃，就是好吃。总之，他吃得快活。

后来，为了钱锺书的口味，杨绛还买来羊肉，精心地切成细丝，两个人一起站在电灶旁涮着吃。吃得两人一脸幸福，吃得他对她满脸的崇拜。后来，她胆子放大，买来更多的食材，比如扁豆。一面剥开，一面抱怨买这豆子不划算得很：皮太厚、豆太小。很久以后，她才知道原来这扁豆是连着皮吃的。

后来的后来，他们竟然"斗胆"买来了活虾。

她拍着胸脯对他说，我会做，我保证一剪子下去可以把它干掉。结果，她站到厨房里，刚剪了一剪子，人就吓得一溜烟跑了。

他问："怎么了？"

"虾，我一剪，它痛得抽抽了，以后咱们不吃了。"她说。

他不依不饶，孩子般的非说要吃，还跟她摆道理："虾，是会痛的，但是绝对不会痛得像你这样满屋子乱跑。"

打定主意要吃的他，就自己去剪虾子了。

如此，日常生活里的他们，活出了神仙眷侣般的岁月静好。

不久，杨绛怀孕了。

钱锺书兴奋地学起了做家务，为的是能多分担一些家务好让她养身体。

他的欢喜，亦时刻外露，还常常痴人般对她说："我不要儿子，我要女儿——只要一个，就像你这样的。"

心里得有多爱，才能生出这样的痴。

她对他，亦好。她几乎将生活中的一切杂事包揽，只因他这位大才子在生活料理中出奇的笨拙。她做饭洗衣，修窗换灯几乎无所不会，余了还不耽误学习。

如此贤妻，是男子都甚觉三生有幸的吧！

钱锺书，亦如是，并对她依赖非常。

生女儿的时候，他第一天到医院看她，委屈地对她说，我不小心打翻了墨水，把房东太太的桌布弄脏了；第二天到医院时，又委屈地对她说，台灯不知怎么坏掉了；第三天到医院，更委屈地说，门轴两端的钢珠不知为何掉了。

像个孩童，面对如此状况，他手足无措得很，只会求助她。

而她，每一次都安慰地回答他"不要紧"。

出院回家，一切全好了，桌布变白了，台灯、门轴亦统统修好了。

事实上，在他们相伴的六十三年间，他都在她的"不要紧"中沉溺地度过，幸福、温暖，像个孩童一般快乐着。

事实上，在他们相伴的六十三年间，她从未拿任何事去烦过他，即便有麻烦也自己解决掉。她爱他，亦包容他所有的缺点，更不会试图去改变他。正因如此，她保有了他最终的天真，让他在学术上，他挚爱的研究中有所建树。

娶妻，当如杨绛。

我们的大师钱锺书，娶到她，确实是三生修来的福分。

＊＊＊

女儿阿媛一岁的时候，他仨一起回了国。

彼时，国内遍地狼烟，许多高校都南迁昆明，组建了西南联大。钱锺书应邀去往西南联大教书。杨绛则带着女儿回到沦陷中的上海。

适逢乱世，钱家经济亦大不如前，日子过得也是异常艰难。

不过，再大的困难，于他们亦是积极对待的。

几经周折，钱锺书回到了上海，他们一家总算团圆。当年，杨绛也在老校长的力邀下，担任了母校振华女中的校长。不过，为期只一年。她说："我不懂政治。"所以，不愿碰任何关于政治的是非。

其实，不是不懂，是不愿。

她，只想安安静静地做钱锺书的贤惠的妻。

一九四二年，杨绛创作的话剧《称心如意》，一上映即引起轰动。她因此而红。钱锺书，由此心里有了小落差。于某天，他对她说："我想写一部长篇小说，你支持吗？"

杨绛没有片刻犹豫，当即欢喜答应，还催促他快写。

为了让他安心创作，家里的女佣也辞退了，杨绛包揽了所有的家务，甘心做了他背后的"灶下婢"。什么劈柴生火烧饭洗衣，样样皆做，虽是外行，常常会被烟煤染成花脸，或被熏得满眼是泪，或被滚油烫出泡来，或被割破手指。然，杨绛仍无怨尤，只迫切地想看到他的大作完成。

不负所望，两年后，钱锺书那部惊才绝艳的作品《围城》问世。诚如他在序中所写："这本书整整写了两年。两年里忧世伤生，屡想中止。由于杨绛女士不断地督促，替我挡了许多事，省出时间来，得以锱铢积累地写完。照例这本书该献给她。"

若没有杨绛的支持,杨绛的无私付出,或许就没有这部作品的顺利问世。

这一生里,这一世里,唯有杨绛最懂钱锺书,最包容他,将他视为最爱。

连他的母亲都感慨说,能娶到杨绛为妻,是他的痴人痴福。

在后来的短篇小说集《人·兽·鬼》出版时,钱锺书写下这样绵密的情话给她:"赠予杨季康,绝无仅有的结合了各不相容的三者:妻子、情人、朋友。"

于他心,这世间再没有谁可以与她相比。

曾经,她读到英国传记作家概括最理想的婚姻的句子,便念与他听:"我见到她之前,从未想到要结婚;我娶了她几十年,从未后悔娶她;也未想过要娶别的女人。"

他当即回说:"我和他一样。"

她亦说:"我也一样。"

如此的两个人,真的让人看见爱情的美好,遂亦相信爱情了。

* * *

他们这一对爱情的模范,真的是经得住风花雪月,亦蹚得过柴米油盐。

度过了一段艰难的岁月后,一九四九年,他们俩终于回到母校清华大学执掌教鞭。可是，没多久，又经历了另一段艰难的岁月。

但是，他们却不以此为苦，反而互相扶持、互相鼓舞着，积极地走过了那段岁月。

书，没少看；创作，亦没断过。

在此期间，她不仅辅佐着他写出了那部宏大精深的传世之作《管锥编》，亦自学了西班牙语，并成功翻译完成了讽刺小说的巅峰之作《堂吉诃德》。

后来，她将干校日常写成《干校六记》。

一经出版，即引起国内外极大反响，并被翻译为多国语言，更被英国《泰晤士报·文学副刊》评价为："二十世纪英译中国文学作品中最突出的一部。"

这部"怨而不怒，哀而不伤，缠绵悱恻，句句真话"的作品，诚如他们俩经过的那段岁月，苦痛虽多，但他们从不怨尤，反而更坚韧地认真地生活着。这是两个人共通的淡泊、从容、坚强的性格所致，亦是他们生命里的真我所为。

只是，时光静流，当他们蹚过那段岁月，安定起来时，年岁已高的他们，开始经历起生离死别。

先是钱锺书，于一九九四年住进医院，就此缠绵病榻。

后不久，女儿阿媛病重住院。

时年八十多岁的杨绛来回奔波于大半个北京城，看护他们爷俩。

阿媛，终没能抵抗住病魔，离开了他们。

白发人送黑发人的苦痛，她独自一人咽下。每天，她照旧去医院看护钱锺书。她，是伤在心而已。

人生聚散有之，她是知道的，再悲伤亦要承受的。

悲痛是过，坚强亦是过。

还有病中的钱锺书需要她，所以，她不允许自己因悲伤倒下。她说："锺书病中，我只求比他多活一年。照顾人，男不如女。我尽力保养自己，争求'夫在先，妻在后'，错了次序就糟糕了。"

是的，不病倒，是对他最好的爱。

一九九八年十二月，钱锺书还是离开了她。隔着阿媛离开的一年后。

风雨相伴半个世纪，他就此永远离开了她。

四年后，杨绛在《我们仨》里写道："一九九七年早春，阿媛去世。一九九八年岁末，锺书去世。我们三人就此失散了。现在，只剩下我一个……"

文字平实、质朴，但是，隔着纸张我们都能感应这其间的悲伤。

苏轼有词言："十年生死两茫茫，不思量，自难忘"，于她亦如此。尽管，她如是坚强；尽管，她如是静默。

他们的情深似海，即便生死相隔，亦将生生不息。

＊＊＊

这之后的岁月，杨绛将自己"大隐隐于市"。

每日，于世事喧哗之外，她读书、著书、译书，并整理钱锺书的遗作。

日子，丰盈而充实。

本来，她就是低调淡泊的人，不慕功名利禄，没有钱锺书的陪伴，她更鲜少让自己置身家之外的世界。

二〇〇一年九月七日，杨绛以全家三人的名义，将她和钱锺书的稿费捐赠给母校清华大学，并成立了"好读书奖学金"。从二〇〇一年起到二〇一一年，捐赠现金竟然达九百多万元。如此的她，是有大爱的人。

百岁之际，杨绛依然可以自己照顾自己，腿脚灵活，凡事都不依赖别人。

人人皆羡慕不已她的养生秘诀。

然，又有什么绝世秘诀呢，不过是来自她内心的安宁和淡泊罢了。

在百岁寿辰时，杨绛曾感言："我今年一百岁，已经走到了人生的边缘，我无法确知自己还能往前走多远，寿命是不由自主的，但我很清楚我快'回家'了。我得洗净这一百年沾染的污秽，随时准备回家。"

不久，她真"回家"了，享年一百〇五岁。

百年岁月风尘，从未曾掩藏掉她的风华，她的安宁、淡泊、优雅，亦成了一代人的温润慰藉。

这世间，有她曾在，真好！

于凤至

因为懂得，所以慈悲

爱上汉卿，是她一生的劫。

「平生唯一爱女人」的男子，给她的是一池冰凉。

她的一生，就此薄如蝉翼，如履薄冰。

终因太爱，慈悲放手，成就他和另一个女子的爱情传奇！

"她生就一张很古典的脸，清清秀秀，宛若一枝雨后荷塘里盛开的莲。"爱新觉罗·傅杰，曾如是夸赞她。

如一枝白莲的她，是典雅的、高洁的、纯净的。

诚如她为爱付出的一生。纯洁，不沾染丝毫俗世尘埃。十七岁，嫁给十四岁的少帅，至此一生情爱交付。

他们，一个，金枝玉叶、才貌兼备；一个，少年得志、将门之后。本是天生绝配的一对佳人，可岁月静好、可现世安稳、可执子之手。然而，少帅多情，"平生无憾事，唯一爱女人"。

由此，她的"愿得一人心，白首不相离"，成了凤愿难圆。

世间好物不坚牢，彩云易散琉璃脆。

他们仅短暂甜蜜了一阵，就陷入意难平的情缘困境。

他言说，她是贤妻良母，但他配不上贤妻良母，只能敬重她一辈子。可是，女人有哪一个不想得到爱情？

风起云涌，他自风流倜傥，跟不同的女子纠缠，直到赵四小姐出现。

一切变数凸显。

十四岁的赵四，只要一生跟随，什么都不要。

这一次，她知道，她的爱情棋逢对手。

果然，在人生的后半段，她最爱的夫君的身边都是赵四的影子。后来的后来，她还离了婚成全了他们的姻缘。

有些事，真的是命中注定。

她等待了一辈子的人，最终与别人厮守终生。

兜兜转转中，痴情一生终成空，她终究只是他的妻子，而不是他的爱人。

只能说，遇见他，是她命里的劫。

* * *

于凤至，是吉林富商于文斗的千金。

一出生，就得算命先生语："福禄深厚，乃是凤命。"

自小天资聪颖、才识过人的她，于光阴里，出落成明媚温婉的可人儿。粉黛纤弱，却有大志大义。亭亭玉立，如雨后初荷。

惊艳了无数人，包括时年驰骋东北三省的大将军，张作霖。

张作霖听闻于凤至乃"凤命千金"，于是，要将自己的"将门虎子"与她许配。他认为，这将是难得的姻缘，婚后一定大富大贵、大吉大利。确也是，于凤至嫁于张家，为张家带来无限吉利和好运。

于凤至的父亲于文斗，曾在张作霖未曾发达时给过他照拂。而今，张作霖是奉天督军，权势两得，能与其结为亲家，于小女而言未必不是一份难得的福分。

如是，应允。

可是，媒妁之言下包办的婚姻，于满脑子西方"民主、自由"的张学良而言，却是十分反感的。他要的婚姻，是自由恋爱下的罗曼蒂克，而非父亲强塞给自己的一个所谓千金。

张作霖算是开明的父亲。他刻意安排张学良到凤至的城镇去住，制造与她相处的机会，最好能相熟、爱上。

不得已，张学良只得硬着头皮，来到于凤至所在的城。

初次拜访，他以为自己会见到一个土里土气的乡村女子。谁知，他眼睑处映照的是一个散发着光彩的仙子。她之清丽绝伦，她之亭亭玉立，她之出水芙蓉，于他而言，皆是意外。

让张学良未曾料到的，不止她倾城的貌，还有她倾世的才情。

一首赠予他的古体词《临江仙》：

古城亲赴为联姻，难怪满腹惊魂。千枝百朵处处春，卑亢怎成群？目中无丽人。山盟海誓心轻许，谁知此言伪真？门第悬殊难知音。劝君休孟浪，三思订秦晋。

他，即知晓他的短视了。

平生难得一知音，他知这一生不能错过她。

于是，他特意登门，许她一个诺言。

如是，芥蒂消，他们互赠字画和玉佩，爱在他们心中蔓延。

一九一五年，一场盛大的婚礼在奉天城举行。

凤冠霞帔、花烛夜，于凤至成了张学良的妻。

从此，她成了少帅夫人。

从此，她一辈子都不曾摘掉这名号。

***

于凤至大张学良三岁。

过往里，大家都说"女大三，抱金砖"。于张府、于少帅，这都是一段良缘。可是，婚后他一句"你大我三岁，我称你大姐吧"，却将她的爱情命数拟定。他们之间的爱情，因为有了这辈分的称呼，而少了蜜语浓情。

命运，真是翻云覆雨手，就这样为她悄然下了蛊。

贤良淑德的她，进门就赢得公婆的好感。身为富商之女，凤至身上尽显的都是谦逊，对丈夫处处包容，对公婆孝顺得体，对下人也很好，不拿千金小姐的任何做派，由此，帅府上下无一人不对她敬重有加。

尤其是公公张作霖，对她的认可度极高。

将帅脾气火爆，发飙无人不怕，然只要她轻言语之，片刻风轻云淡。

他更为了凤至与儿子张学良签下约定：永不许纳妾。

只是，不羁的少帅，年少倜傥，对她更多的是敬重，很难专情。常流连烟花风流处的少帅。虽多逢场作戏，却也是将她心伤了的。

可是，那个年代妻妾成群本就是寻常事，他能信守承诺，不纳妾，就罢。

如是，风月场里他引蝶无数。

于凤至的包容，让岁月不见波澜。这期间，他们的女儿张闾瑛、长子张闾珣、次子张闾玗，前后出生。直到三子张闾琪出生时，她看到了他的真。

那时，她因产后大出血而生命垂危。

家人纷纷担心她万一出了意外，孩童年幼，无人照料，于是，提出让少帅娶她的侄女为妻。

他倔强拒绝。

"现在，让我娶别的女人过门，不就是催她快死吗？我做不到，若是她真不行了，也要她同意我才能答应。"这，是他言说的。句句、字字，都含深情。

于半昏半迷之中，她听到了。

潸然泪下，能得他真心，此生足矣。

不久，她竟起死回生，奇迹般地痊愈了。或许，是爱情的力量。

柔肠百结，就此她心只系他一人。

拼尽余生，待他好。

＊　＊　＊

贤妻良母，于凤至真是世间最好的榜样。

可是，"唯爱女人"的少帅却甚觉，"恰好配不起她这贤妻良母"。

他，只敬她。永远，一辈子。

可是，这于她，是情殇、是痛楚、是憾事。

一九二八年，他们一起相扶着度过最悲伤的一年。那年夏天，是个再悲伤不过的夏天，少帅的父亲张作霖不幸溘然长逝。厄运来袭，他悲伤得不能自已，是她陪他度过这难挨的岁月。她，更用自己的坚韧，予他力量。

她，成了他最贴心的战友。

然，于他心，仍存风月无边，诚如他自诩的"平生无憾事，唯一爱女人"。如是，纵然知她心意，他依然在万花丛里流连忘返。

一九二七年，张学良结识了红颜知己赵四小姐。

为跟随他，烈焰女子不惜与父亲断绝父女关系。

赵父一怒之下，于天津《大公报》连登五天断绝父女关系的声明：

"四女绮霞，近日为自由平等所惑，竟自私奔，不知去向。查照家祠规条第十九条及第二十二条，应行削除其名，本堂为祠任之一，自应依遵家法，呈报祠长执行。嗣后，因此发生任何情事，概不负责，此启，赵庆华。"

就此，他们的情事轰轰烈烈成佳话，亦成憾事。

非平常女子之胆识，赵四小姐更一人亲临张府。一张清瘦的脸，尽显倔强，眼眸似花，于凤至知赵四非等闲之辈，跟过往少帅逢场作戏的女子决然不同。虽有了棋逢对手的"威胁"之感，但是于凤至并没有将她赶出张府。

有些成全，她知是要给的。

在少帅的心中，赵四小姐绝非轻若飞雪，应该很重，不然他不会允她来家。少帅应诺父亲，今生不再纳妾。在她病重，恰可纳妾时，他亦拒绝之，而如今，他默许她来，恰说明赵四小姐在他心里的分量。

于凤至明了亦大度。

顺势给了他们台阶下，许赵四小姐留在张府，为少帅的贴身秘书，亦是他相知相爱的人。

此后，他们三人一起出出进进。

别人钦佩她的风范，包括少帅，可是，只有她自己知晓自己的苦痛。

爱上一个多情的人，受伤总是会多。

第二年，赵四小姐有了身孕，于凤至还出资在张府旁边盖了新楼，为着他们母子能有个安稳之处。她待赵四小姐始终如同姐妹，不卑不亢，其实是给自己深爱的少帅的最大成全。

张学良，年轻俊朗的少帅，拥有了两个如花美眷，传奇而令人艳羡。

* * *

似水流年，只是，良辰美景奈何天。

那，毕竟是个乱世。乱世中的人，总有各种惘惘的威胁。即便是他们这位高权重的人。

一九三六年，西安事变起。

侠义的少帅，挟蒋抗日，举国震惊，他成了"民族英雄"。

只是，转而他护送蒋介石回南京，却反被蒋介石扣押囚禁。彼时，于凤至正在英国探望儿女，消息一出，她心急如焚。于凤至知晓政治之中的凶险，亦知晓此际谁可帮他渡过这一劫难。

于是，她火速给宋子文发去电报，曰"学良不良，心急如焚"，恳请他能为此居中调停。随后，她又火速由旧金山飞抵南京，亲自求见蒋介石。谁知，蒋介石故而不见。

不得已，她请求闺密宋美龄和干妈宋母一起出面。

于凤至和宋美龄多年闺密，意趣相投，所以，宋美龄知晓她对少帅的情深义重。于是，向她保证："放心，只要有我在，就一定保学良的命。"

几番周折，蒋介石允她陪狱。

她亦欣然，曾经她做过最坏的打算，若他有不测，她定当陪同赴黄泉做伴。

生不能同床共衾，死亦同茔而眠。

此后，少帅被判十年徒期，遭长期软禁。

于凤至始终陪伴在侧，一路辗转，从江苏南京到浙江奉化、安徽黄山、江西萍乡、湖南郴州和沅陵，最后到贵州修文阳明洞。一千多个日夜，红尘阡陌、艰苦自知。

那是英雄最气馁的时光。

他多次想要自杀，若没有她的宽慰，或许世间再无少帅。

对她，少帅感念于心。"卿名凤至不一般，凤至落到凤凰山，深山古刹多梵语，别有天地非人间"，是囚禁中的少帅写下的对她的感激；他亦对她说出最美的情话："从今往后，你我再无生离，只有死别。"

可是，命运岂如人意。

三年多迁徙里的颠沛流离，加之人身遭受的管束、刁难、虐待，他们俩的身心早已受创。

于凤至终积郁成疾，确诊乳腺癌。

少帅疼惜她，央求宋美龄协调她赴美求医。

戴笠则致电赵四小姐，问她可否接替于凤至来照顾少帅。赵四欣然应允。

不日，于凤至即赴美治病。

临别，他嘱咐她静心养病，永不要回来。

未曾想，被他一语成谶。

这一别，她与少帅就此永别。

半世流离，她再未能与她最深爱的少帅相见。

* * *

一九四〇年，于凤至赴美治病。

在前美国驻北京公使詹森·肯尼迪和夫人莉娜帮助下，凤至入住到著名的教会医院。

一年之中，历经三次手术，数度闯入鬼门关。

却还是没能阻止癌细胞转移，不得已她接受切除乳房以保性命的建议。

所幸，她熬过了无数个疼痛难眠的长夜，奇迹般地康复。

有人说，她为爱、为思念、为他及他的子女，她胼手胝足、日暮汹渡。只为，子女有所依；只为，可与他他日再相逢。

为了自立，亦为了他日重逢，她想要挣很多很多的钱。

于是，于凤至忆起自己是传奇商人的后代，骨子里早就有蛰伏的经商才能。父亲当年亦曾说过："我闺女要是做买卖，肯定是把好手。"

于是，她迈进了华尔街股市，凭借着自己的才学和胆识，在大起大落的股市里纵横捭阖、游刃有余，掘到事业的第一桶金。后来，她用股市盈余购置房产。再后来，她成了商业传奇。

她在美国购买得两处豪华别墅。一处，是英格丽·褒曼生前住过的林泉别墅；另一处，是伊丽莎白·泰勒的旧居。两处别墅毗邻，她住一处，另一处留给她深爱的少帅。居住式样，全都还原当年东北顺城王府内家里的样子。

经年时光里，她想的还是会与他重逢。

于凤至深记得他在囚禁期间反复哼唱的京剧《四郎探母》的戏词："我好比笼中鸟有翅难展。"

所以，她留一套别墅等他自由之时来住。

可是，她的守候、等待，换来的却是一纸离婚协议书。

多年里，她自持本领、坚韧，熬过病痛、熬过艰苦，始终为少帅奔走呼号，将他被非法软禁台湾之事实公布于众，向台施压，好为他换来自由身。可是，换来的却是少帅与自己的离婚协议。

于凤至深知。蒋为断了少帅赴美探亲的后路，怕他就此定居美国，而借口基督教信徒只能一夫一妻，以信仰之名，逼他与自己离婚。

那是，一九六〇年，她已在美国苦等他二十四年。

他打电话给她，说："我们永远是我们，这事由你决定。"

是的，从来他都将她挂念于心的。

只是，世事可恨，有些事情他太过身不由己。

为了护他平安，她签了字。

可是，于她心，她从未曾承认过他们离了婚。

她，依然以张夫人自居。若有人来看张夫人，她笑脸欢迎；若有人只是来看于凤至，她会拒绝。

一九六四年七月四日，六十四岁的少帅和五十三岁的赵一荻在台北举行了婚礼。

就此，掐灭了她微弱如香火的希望。

* * *

晚年，于凤至与女儿、女婿一起生活。

她的四个孩子，也只留下了女儿可以和自己相伴。幼子，死于十岁的一场医疗事故；长子，于德国空袭时精神失常，后在台寻父的途中病逝；最爱的次子，不幸于车祸中逝去。

她这一生千帆过尽，尽见离歌。

一九九〇年三月二十日的午夜，于凤至病逝在美国洛杉矶的豪宅之中。

享年九十三岁。

这一生，她终没能等到她的少帅张学良。

临终，她的遗言里全都关于他：死后所有的财产都留给张学良。她的墓碑上，亦写着：张于凤至。冠以他姓，并留一个空墓给他。她始终深念的是：死生契阔，与子成说。

获得自由身后，少帅曾携赵四一起去祭拜她。

念她情深义重，潸然泪下中长叹：生平无憾事，唯负此一人。

十一年后，少帅也溘然长逝。只是，他选择同赵四小姐同穴。

或许，沧海桑田，有些事只能隐于岁月，止于唇间。

除却巫山不是云，诚如他所言的"我们永远是我们"。于他、她心底，足够。其他，皆是形式。

虚无的形式，而已。

张充和

颜如画、人若诗，她是民国最后的才女

美如一块碧玉，她让世人看到一个女子的温润美好。

是才女，亦是名媛。

『一生爱好是天然』，故而，

她将一生光阴付诸在最美好的人、事、物上。

就此，她的百年人生沉静从容，若画、如诗。

"一生爱好是天然。"

这是她演了一辈子的昆曲《牡丹亭》里的唱词，亦是她信奉一生的锦言妙句。

诚如杜丽娘的这句话，喜好"美好的事物"是她一辈子的天性。

颜如画，人若诗。

张充和，这个梁实秋嘴里"多才多艺"的、来自旧时光影里的女子，是为民国最后的才女。

她，工诗词、擅书画、通音律、善昆曲，萧与笛亦吹得曼妙。

她的诗词，被言说："无纤毫俗尘。"她的书法，被书法家沈尹默如是评说："明人学晋人书。"她的画，山水点染，设色讲究。她的昆曲，曲调古朴、气韵天成，被沈从文如是称赞："昆曲行当，应以张四小姐为首屈一指。"

大教育家章士钊赞誉她是才女蔡文姬。

著名戏剧学家焦菊隐称她为当代李清照。

如此的她，更光芒万丈。

前有诗人卞之琳为她写就流传千古的情诗："你站在桥上看风景，看风景的人在楼上看你……"后有方姓男子献上的甲骨文情书。

只是，缘分都不对。

他们都无法入她的心和她的眼。

直到遇到傅汉思，她的爱情得以圆满，婚姻得以幸福。

这之后，前半生的颠沛流离远去，他们定居美国，做自己最喜欢的自然的事：教书、写字、画画、唱昆曲。

一切看淡，把时间都浪费在美好的人、事、物上。

如此，真好。

让她身历百年沧桑，却自成高格。

＊＊＊

张充和，出生在显赫的张家。

九如巷的张家，几世荣华积攒下不少财富。彼时，合肥有四大家族，龚、张、李、段，尤属他们张家家世厚足。

张充和的曾祖，乃是晚清名臣张树声，曾任两广总督。

她的父亲，乃是曾以倾尽家业创办苏州乐益女校、提倡新式教育而名噪一时的民国教育家张冀牖（张吉友）。

张充和上面有三个姐姐，后来的时光里，三个姐姐也皆才貌双全。

出生在民国二年的她，有些许不合时宜，当时的张家迫切地希望来的是个儿子，结果还是个女儿。一家人在见到她第一眼时，稍有了些许遗憾。不过，这是开明的家庭，亦是富有的家庭，并没有真正待她不好。依然疼惜她，当母亲陆英的奶水不好，还专门为她请来奶妈。只是，阴差阳错，请来的奶妈的奶水依然不够，她经常被饿得直哭。某一次，母亲看着因吃不饱而哭泣的她，忍不住失控抱起她痛哭起来。

恰巧，来探亲的叔祖母识修看到了。

此时的识修，眼见丈夫、女儿、外孙纷纷从自己身边离开，甚多寂寞，恩慈心亦多。已皈依佛门的她，体恤陆英的辛苦，便主动提出了要抱养她。如同宿命，张充和就这样被过继给了叔祖母识修。

本来，叔祖母是要找人给她算一卦的，说是怕自己命硬会妨到她。

不过，被母亲陆英拒绝，说："她有自己的命，别人是妨不到的。"

就这样，八个月大的张充和跟随着叔祖母来到了安徽合肥的祖宅张公馆。此后经年，她都在张公馆内度过。

窗外，是百年梧桐；桌上，是陈年古墨。晓雾轻染晨光，她去往书房上课；日影西斜的黄昏，她出来回到叔祖母身边。日日如此，她学一切古意的、美好的课业，什么四书五经、诗词书画，受渊博的、传统的、经典的文化知识的洗礼。

约三岁，她会背了唐诗；七八岁的时候，她就可以做对子、写诗了。张公馆里，有《十三经》《二十四史》之类的名著典籍，她都可信手拈来，尤对《史记》万般喜欢，每读都津津乐道。

叔祖母识修，来自一个显赫家庭，父亲李蕴章虽是无名之士，但是她有个声名赫赫的伯父李鸿章。晚清名臣李鸿章，跟叔祖母的父亲李蕴章关系甚好，写家书多数是写给李蕴章的。

李蕴章善读书，会持家，对教育更是在行。

因而，叔祖母识修从小深得各种知识的蕴养，文化底蕴颇深，思想亦独立。只是，命不大好，老年时只落得个孤苦伶仃。若是没有小小的她的陪伴，估计叔祖母的晚年生活，会是万籁俱寂的。

幸好叔祖母，在这样一个家庭长大，亦得父亲真传，甚是重视晚辈们的教育。于是，小小的她一开始就享受的是全方位浸润式教育。叔祖母为张充和请来最好的老师，起初的不得她心，她立马将人打发掉，重金另聘。

后来，叔祖母更是不惜花重金延请吴昌硕的高足、考古学家朱谟钦为塾师，教她书法，同时还另请举人左先生专教她吟诗填词。

如是，她成了张家最博学多识的古意曼妙的人儿。

* * *

张充和第一次回苏州家，是七岁的时候。

那是，一九二〇年的春天。

那时的她，虽年纪小，但已然能临碑临帖，写得一手好字，还能吹奏笛箫。这让苏州的三个姐姐好生的羡慕。生活在苏州的姐姐们，每天接触的是数学、几何、英文、政治、美术等课程，虽也学四书五经、诗词歌赋，但白话文的普及还是大大弱化了她们的古文功底的。

与从小浸润在古文诗意的张充和相比，她们都弱了。

彼时，母亲陆英正在家中发起认字小运动，让三个姐姐分别教自己的保姆。并且，为了调动大家的热情，母亲还专门设置了一些奖罚环节。效果当然好，大家轮番竞争、热情高涨。惹得弟弟们也都加入认字学习当中。

张充和刚到，甚是被这番情景吸引，也加入其中。

母亲看着这样的她很是欣慰。多年没能陪伴女儿，母亲心里是有着无限愧疚的，于是，对她格外的好。每顿饭，母亲都会特意烧制她最爱的红烧鸡。修佛的叔祖母识修，心多恩慈，是特意把她独自放到张家的，自己到了苏州南园李家的别墅住。

叔祖母，是刻意为她们这对母女制造一些独处的机会。

而那时，张充和还不知这个对自己刻意照顾的和蔼可亲的女子，是自己的母亲。不过，敏感的她能感应到母亲的细致入微的关爱。临走的时候，母亲同她坐一辆车，怕她坐不稳一路上都用双手小心翼翼地替她拦着；当她坐上火车时，母亲还一个劲地踮起脚尖在月台上，一直望她，直到望不见她。

她还不知道的是，母亲望着远去的她当时泪如雨下。

当她知道，自己还有母亲时，母亲已经过世了。

那是一九二一年的秋天，叔祖母告诉她："你母亲，她是个好媳妇，再也没有她了！"

我们不得而知的是，八岁的她听到这个消息时，内心会是怎样的波澜起伏。她对母亲的记忆实在太少了，模糊中只觉得她是个可亲近、和蔼温柔的人，可是，母女间的亲昵，她未曾真切地得到过。

这以后，叔祖母开始频繁带她辗转于合肥与苏州之间。

年事已高，变数太多，叔祖母是想让她尽快融入自己的家中。

一九三〇年，叔祖母也过世了。

张充和的世界，就此宁静一片，心里像被掏空了一般。这一次，她知晓了什么是生离死别。

只身一个人，张充和回到了父亲的身边。

此际，她已是十六岁的少女。

＊＊＊

张充和正式进入父亲创办的乐益女中学习。

自小沉浸在正统的、老派的教育中的她，需要好好适应这里新式教育的节奏与氛围。

她还是习惯一个人在书卷中徜徉。比如，过去在张公馆，她可以无所顾忌地读《史记》或者《西厢记》。然而，这里不仅有国文，还有数学、体育、生物等科目，这让她很不习惯，尤其是数学，她基本上没有任何基础，即便姐姐们轮流给她补习，依然还是跟不上。

不过她的国文水平却很高，甚而超越了老师们的水准。

许多时候她是苦闷的，很是怀念跟着朱谟钦学书法的美好时光。那时的她常常向线装书、向断碣残碑找寻"知音"，她说："它们会比这个世界上的朋友教她懂得更多东西。"

直到她去参加三姐兆和和沈从文在北平的婚礼，她的这种苦闷学习生涯才结束。那时，她住在北大旁边，对北大突然有了梦想，于是常常到北大去旁听。

张充和决定报考北大。

北大入学考试需要考四科，即国文、历史、数学、英语。

于张充和，国文、历史是小菜一碟，英语也还好，但是，数学真的是天敌。

结果，她国文满分，数学零分。

即便是考成这样，她还是如愿考进了北大。晚年时，她还风趣地说，北大很奇怪耶，什么人都收。

其实，哪是什么人都收呢。是她太优秀了，虽数学零分，然国文水平之高让当时的考试委员会忍不住非"包庇"她不可，尤其是时任北大文学院院长的胡适先生。他不想让学校错失一位古典文学基础如此深厚的好学生，于是，扛着校方和社会舆论的压力破格录取了她。

这样的破格，北大倒不是最先例。

她之前，还有大名鼎鼎的钱锺书先生呢。一九二九年，钱先生曾以数学十五分的成绩考入清华大学外文系。

进入北大中文系的张充和对新潮运动仍不感冒，她更喜欢昆曲。她经常与大弟宗和一起去清华大学旁听一位专业昆曲老师的课。她曾经在合肥老宅读过的《西厢记》《牡丹亭》，原来是可以唱出来的。

她对昆曲有了无限的迷恋。

或许张充和的人生跟学校的缘分浅。大概两年的时间，她就因病退学回到了苏州老家。

而这段养病的日子，却让她真正与昆曲结下了深厚的渊源。

彼时，姐姐元和和父亲都喜好昆曲。养病中的张充和，顺势也沉浸到昆曲之中了。她亦幸运，教她的全都是时年的昆曲名流，比如北方旦角韩世昌，比如传字辈的名角沈传芷、张传芳。

就此，张四小姐深得昆曲名家真传。一拂袖、一抛媚中，尽是"如花美眷，似水流年"的烟丝醉软、悠扬缠绵。

她得以在上海的舞台演绎，亦在苏州的拙政园内吟唱。

水袖流转，吸引万千目光。

三姐的夫君沈从文，曾如是称赞她："昆曲行当，应以张四小姐为首屈一指。"

名门之女，她已亭亭。

颜如画、人若诗！

＊＊＊

第一次与诗人卞之琳相遇，是在三姐家中。

一九三三年，卞之琳去往沈从文家中做客，张充和恰巧也在。一眼望见，他即被有着古典美的她迷住了。

所谓，蓦然一眼，爱意一生。

只是，他没能入她的眼。张充和只当他是普通的朋友，爱意一丁点儿都未曾心生。可惜了诗人的敏感和多情。他，深情地写：

你站在桥上看风景，

看风景的人在楼上看你。

明月装饰了你的窗子，

你装饰了别人的梦。

此《断章》一首，成千古绝唱，亦未能打动她。

对于从小浸润在古典诗意里的张充和而言，现代诗歌里的缠绵流露过于晦涩难懂，美感少了太多。就如同他这个人，羞涩、敏感、多思，却不擅表达。

少了韵味的诗歌和人。

如是，爱而不得，成了诗人半生的遗憾。

直到二十年后，才以四十五岁的"大龄"与青林结婚。

面对心中的女神，卞之琳始终不知道如何表达，选择用诗歌的无声表达是最大的败笔。默然不语、寂静欢喜的爱情，于她始终是水土不服的。就诚如，那个方姓男子，以甲骨文写情书，写到麻袋厚又如何，她不懂亦是不会被打动的。

心有灵犀，是必须相通的。可是，在他们与她的情缘碧波里，隔了太高的山水浪涛。无法逾越，更无法相通。

如是，如何相爱。

能与张充和相爱的人，必定是和她心有灵犀的同一类人。

和她相伴几十年的傅汉思先生，是也。

一九四七年九月，他们初识。

彼时，她在北大教昆曲，寄居在三姐家；他在北大西语系做教授，从事中国历史、文学研究，是个不折不扣的汉学家。如是，两个志趣相投的人儿，很快就走到了一起，他们一起谈论中国诗词、歌赋、历史，且各有造诣。

张充和已大龄，亦想安顿余生。

所以，交往不到一年，他们就迈入婚姻的殿堂。

而此际，北平陷入战事，炮火连天。一九四八年年底，美国大使馆通知他们紧急撤离。乱世之中，许多事情不是个人意志可以达到的。不得已，她和丈夫一起登上了戈顿将军号客轮，去往美国。

匆忙之中，她只携带几件随身衣物，一方古砚、一盒古墨、几支毛笔，就去往了异国他乡。本以为，去去就回，谁知这一去就是数十年。

美国生活，是细水长流之中尽显小春日和。

初时，她在图书馆工作，傅汉思想到高校任职，因文凭不够，她便毫不犹豫地支持他去攻读中文博士学位。这期间，生活清苦，但对于两个心意相通的人而言却不觉苦为何物。

十年后，傅汉思终得中文博士学位，如愿到耶鲁大学教中国诗词。

而张充和早在两年前已到耶鲁大学教中国书法，课余时间还兼传播昆曲艺术。

生活，遂显现了它的大美。

育儿养女（一九五四年，他们收养了两个孩子，一男一女，按照张家族谱，她为儿子取名以元，女儿取名以谟）之外，他们一起种花种菜、读诗词歌赋、抚琴写字、画画、唱昆曲。

生活，充实而丰盈。

＊＊＊

和汉思相伴的五十余年，除了寻常日子里的扶持与照料，更多时候是一桌两头做事。

这是后来的充和说的。

这样的寻常日子，是她喜欢的。自然而美好。

后来，大姐元和来美国定居，于充和是莫大安慰。两人常常对坐回忆那些回不去的美好的往事。

只是，再后来，生活变了样子。

先是汉思离她而去。两月不到，大姐元和又离去。再之后，远在国内的二姐允和、三姐兆和相继离去。

她，陷入童年时的孤独之中了。

不过，她虽觉孤独，却不消沉。她将自己囿于最爱的书法、昆曲当中，还有绘画。诚如她最喜欢的一张照片的状态：二十七岁的她，在云龙庵躲避战乱，虽乱世不可测，但能写字、读书、作画、唱曲，日子就不觉得愁苦。

酒阑琴罢漫思家，小坐蒲团听落花。

一曲潇湘云水过，见龙新水宝红茶。

此，即她为当时之境，所赋的一首小诗。

谈吐风趣、为人文雅的她的一生，在她的如此心境中是如流水叮咚，清澈纯美。

二〇一五年，六月十八日，她安睡长眠。

享年一百〇二岁。

就此，她成最后的优雅传奇！

张幼仪

爱自己，才要如鲸向海、似鹿归林

百转千回的人生里，于爱里她曾是一把扇子，炎热堪用，秋天见弃。

时光叠叠错错里，她于被弃中放下爱却不放下自己，以荡气回肠的逆袭人生告诉世人——

风花雪月从来都不是一个女人的全部。

爱自己，才要如鲸向海、似鹿归林。

如是，人生修行中她终得圆满！

她说："人生，从来都是靠自己成全。"

时光如水，民国世界里气象万千，那些妖娆的人儿，或清雅，或媚惑，个个都端着起落沉浮的气息，踽踽独行着。

她，亦是其间一员。

世人知晓她，多因那个不折不扣的多情人徐志摩。

在大诗人徐志摩的人生里，她很是浓墨重彩的一笔。虽然于徐志摩，她始终算不得入眼入心。可是，她是他的原配，是他众多红颜里最被认可的徐家儿媳妇。

她不似林徽因那般若人间四月天的清风旖旎，有着"最是一低头的温柔，像是水莲花不胜凉风的娇羞"；亦不似陆小曼那般如人间七月天的山水潋滟，有着让徐志摩在手心里捧着的"芙蓉如面柳如眉"。

她太普通了，没有娇柔的貌，亦没有诗意的情怀。

土包子、俗气、不解风情，是志摩对她自始至终的评价。于是，他厌烦她，自始至终。

时光若刻，命运凉薄，她被徐志摩残忍地抛弃。那时，她还身怀六甲。

世间最伤痛的事应该就是这样的吧。

世界，就此暗如渊壑，她在其间，寂冷、孤单、伤痛，没有谁给她以拯救、以安慰。

当良人不再可靠，她学会坚强。在无爱的稀薄空气里，练就一身傲骨，打下一片艳美的天。是为，她的名字——张幼仪，便一如那人间四月天里的新月盈润，是如那"国画中的留白，不点染，但意境在，没说出来的只能体会"的楷模，照亮了别人，亦照亮了自己。

年过半百，她终遇良人，懂她、爱她，亦疼惜她。

人生似一场修行，她终得圆满！

＊ ＊ ＊

一开始，结局就是注定的。

当十七岁的徐志摩看到她那张羞涩惶恐的照片时，嘴里刻薄地说出："真是个乡下土包子！"

而张幼仪，看到青涩中透出浓浓书生气的徐志摩的照片，却是心似小鹿，情怯欢喜的。

月色凄寒，灯花瘦。

他们还是张灯结彩地举行了婚礼。

长于深闺，没经任何挫折苦痛的张幼仪，还不知人世凶险，人心难测，更不知一个无爱的男子的冷酷和绝情。就这样，带着一颗倾慕的女子心来到了他的身边。

殊不知，洞房花烛夜于她，成了最初的屈辱。

他悄悄躲到了最爱的祖母的屋里，安睡一夜。而她，一个人，冷在那里，听时间一点一滴地过。慢，慢如一个世纪。

一夜无眠，泪湿衣襟。

被他看低的她，哪是如此不堪？出身名门望族，她也是那"线条甚美，雅爱淡妆，沉默寡言，举止端庄，秀外慧中"的人儿。只是，她不是他喜的柔媚明艳，不是他喜的绰约妩媚。

骨子里浪漫透顶的他，想要的是风花雪月、花前月下里的姿容绝色，端庄的她断然不是。

如是，他对她厌烦甚深。

后来，顶不住长辈的催促，他才勉强跟她圆了房，对她的鄙视却一直在。她之于他，始终是"懒得正眼看一看"的人。

次年，徐志摩在厌烦里离家，留张幼仪独自在暗影里生活。

还好，公婆待她不薄，徐家少奶奶的地位亦是尊贵着的。

只是在那个年代，没了丈夫呵护撑腰的女子，从来都是纸糊的老虎，威风亦是虚透凉薄的，可示人的仍全都是那轻轻一捅就破的不堪的窗户纸。

在他们相处的屈指可数的日子里，他的冷酷始终刻在心底。

空旷的院子里，他闲坐一隅看书，她则在旁缝缝补补，想着这样的陪伴可暖他心，可让他能跟自己说话唠唠家常。然而，他始终未语，甚至连抬眼看她一眼都未曾有。

就这样，她一个人傻坐在那里，小心翼翼又心如刀割。

张幼仪一直都有着一个信念：黄庭坚的"薄酒可以忘忧，丑妻可以白头"，抑或张潮的"妾美不如妻贤"，入心地以为自己只要做一个贤良淑德的妻子就可以打动他。

可是，她不知的是，他原是那俗世里的男子，是红尘里寻佳人俗欲的外貌协会的人。

贤良淑德，于他如尘埃里的旧光阴。

要远离，且能多远就离多远的。

故而，虽擅丹青，但她永不能投他所好；虽极贴心，但她永得不到他爱。

不貌美的她的婉约沉静，在他张扬特立、极度自我的眼里，兀自是缺少见识，呆板乏味的。

也是，都说"蝶为才子之化身，花乃美人之别号"，算不得美人的她自是无法入了他的眼。

所谓才子佳人的故事，于她这儿终究只是戏文里的唱念做打，博君一笑罢了！

＊＊＊

无爱，成了张幼仪婚姻的宿命。

她虽躲过裹小脚的命运，却仍是个旧时的人，三从四德是她从小接受的教导。故而，他再冷若冰霜，她依然沉默地伫立在无爱的婚姻里等待。

寂寞吞噬寸寸灰般的光阴，是张幼仪婚后生活的日常。

成婚两年后，张幼仪十六岁，为徐志摩生下了儿子徐积锴。

儿子满月时，为避她常在北平生活的他终于回来了。不过，却跟她无关，只是为了尽父母之愿来看儿子一眼，之后，很快潇洒离开，去往了更远的英国伦敦。完成了传宗接代，于他，就是完成了任务。这以后的人生，跟徐家纠缠无多，全都是自己的了。

徐家的院子里，就此有了枯萎的味道，腐蚀着她美好的青春时光。

再两年后，徐家父母将张幼仪送去法国与他团聚。

然而，码头上她看见他第一眼的时候，心即凉了。

她到了有他的地方，却感到满地阳光都森凉。

"他的态度我一眼就看得出来，不会搞错，因为他是那堆接船的人当中唯一露出不想到那儿的表情的人。"多年后的回忆里她如是说。

时光隔着距离，他仍十分的厌烦她。

一下船，他即带她去买衣服和皮鞋，将她来时精挑细选花了大价钱的行头悉数换掉，只因他认为土、俗。在飞往伦敦的飞机上，她因为晕机而呕吐不止时，他厌烦至极地扭着脸说："你真是个乡下土包子！"

月上柳梢，茶凉言尽，原以为和他相处就能让彼此亲近，谁知却一切如昨。他，仍是弃自己于万里的人。

两个人的家里，他呼朋唤友，宾客如云，而她始终是冷在一处的影子。

关于他和林徽因，她亦有耳闻。

某一日，他冷然道，他要做民国离婚第一人。

她不以为意，在她的常识里，男子三妻四妾是常态，他若贪恋，她并不反对。她的父亲、祖父谁不是养了几房姨太太的。离婚，却是在她眼见的世界里不曾有过的。

然而，为了和林徽因能终成眷属，他做的决绝残忍。

那时，张幼仪又怀孕了，他却冷酷地让她打掉。

她说："听说有人打胎死掉了。"

他反讥说："还有人因为火车事故死掉的呢，难道人家就不坐火车了吗？"

毕竟是旧式女子，死生契阔入心，于是不答应。

无情似他，见她不答应竟弃她一走了之。

她一个人，彻骨寂冷地被丢弃在人生地不熟的沙斯顿。语言不通、身无分文的她，无奈之下去信询问二哥。二哥回："万勿打胎，兄愿收养。抛却诸事，前来巴黎。"于是，她只好拖着一个孕身投奔二哥。

突然想起李碧华写过的句子："爱人的戏语，比不爱人的诺言好。"

岁月如水，她终没能逃过婚姻里的劫！

* * *

这世间，最怕遇人不淑。不幸，幼仪还是遇到了不淑的志摩。

或许，在最难承受的时刻，她也生过轻生的心。只不过，自小熟稔的"身体发肤，受之父母，不岂毁伤，孝之始也"的千古礼训，让她放弃了这念头。

于她而言，生活就是死生契阔的相随，爱从来都奢侈，她从未曾强求过，只期望可以过细水长流的饮食小日子。所以，嫁给他之后，她始终忍辱和牺牲着，以为可以得到他的认可，谁知一切皆是徒劳。

若良人不再可靠，唯有收起伤悲。

临盆之际，张幼仪又辗转去了柏林投靠长兄。

一九二二年二月二十四日，张幼仪在医院诞下次子彼得。可恨，她还在医院之时徐志摩残忍地寄来一封离婚书。

他出现了，从弃她出走那日起到彼得出生，他消失得无影无踪，却为了签字而出现。

他之残忍，超出她的预期。

往事幕幕，云烟四起，她不再在心底笃定母亲的教诲，什么"依靠着男子才能活着"，于如沐春风暖阳的母亲可行得通，于遇人不淑的她却是绝路。"离"，或许是最好的出路。

刮骨疗伤，既然躲不开，就迎面而上吧。

她说，离婚，得告知下父母再签字。

他却心急如焚逼迫她："不行，不行，没时间等了，你一定要现在签……因为林徽因要回国了……"

罢了，反正都是离。

她冷静地签了字。

隔着育婴室的玻璃窗，他看着刚刚出生的彼得，没心没肺地赞叹不已，却未有一语对她说。

爱玲曾写："他不爱你的时候，你哭也是错，笑也是错，呼吸也是错，连卑微的死也是错。"说得森然让人心如死灰。更何况，他从来都没爱过她。所以，哭闹都仿成无理取闹。如是，她一个人平静地接受着。不哭，亦不闹。

冷静之后，她反认清一切，她与他不过是"如天外扬花，一番风过，便清清洁洁，化作浮萍，无根无蒂"。

时光冷酷，哐当哐当地走过，在他们之间没有留下痕迹。

人说：女子若觉得自己是那秋天的扇子，扇出的亦是那凉风，倒不如索性收起来。

是如此，生活从来都是自己的。她亦说过的：人生从来都靠自己成全。

于是，收拾心情，张幼仪开始自我坚韧强大。

雇了保姆，学习德文，还进入裴斯塔洛齐学院攻读幼儿教育，稚儿父爱不存，她要做个更好的妈妈。

之后，她还自学了英语，兼学了商业管理。

一元复始，万象更新。

只是，命运却没有放过她。

三岁的彼得，不幸死于腹膜炎。而此时，沉浸在和陆小曼的爱情里浪漫着的徐志摩，在一周后才出现，假惺惺地在彼得的坟前流下两行泪。对她，依然未语任何。

有人说，"若能看穿色相，爱与恨便是相同的。"

是如此的吧，还是李碧华说得最入骨入心："不要紧，薄情最好，互不牵连又一生。"

云来云往，从无踪迹。无爱的关系，何曾不是这样。

罢了，这之后，跟他再无任何爱的纠葛、牵系。

"凉风吹过，你醒了。真正的'聪明'是在适当的时间离场"，谁说过的，仿似对彼时的她说的。

真好。

* * *

"生活不可能像你想象的那么好"，这是莫泊桑说过的，他亦说："但也不会像你想象的那么糟。"

是的，最重要的是我们能咬牙坚持，爬过荆棘，蹚过洪流。诚如那时的她。

离开徐志摩的她，可谓脱胎换骨，凤凰涅槃。

她说过的："在去德国之前，我什么都怕，到德国之后，我无所畏惧。"

诚然如此，异国四年，她学会了独立，学会了坚韧，再没有什么坎坷让她望而却步。

一九二六年，张幼仪学成归国。

离婚协议上签字时，她即发誓要做新式女子中的一员的，于是，回国后她即进入东吴大学教授德语。

从此，她的人生里真正做到没有依附两字。

徐家始终待张幼仪甚好，在国外生活的那些年为免她生存之忧每月给她寄生活费，并收她为义女。今次归来，徐申如更是把海格路一二五号（华山路范园）送给了她，让她在上海衣食无忧。

而此时，徐志摩正和陆小曼天昏地暗地爱着，舆论和道德的谴责让徐志摩处于风口浪尖上。对于辜负自己、伤害自己、抛弃自己的徐志摩，这本应是特别解恨的事。然而，张幼仪却赶紧召集家人，叮嘱大家都不许说徐志摩的坏话。对儿子徐积锴，更是未曾提过他的父亲如何不好。

如此格局，不输任何男子。

不久，张幼仪受邀出任了商业储蓄银行的副总裁，将濒临倒闭的银行经营得风生水起，创下了金融界的奇迹——储蓄资本超过两千万。

她亦因此名噪一时，成为中国近代第一位女银行家。

同时期，她还出任了云裳服装公司的总经理。

她积极地将欧美社会中最为流行的服装式样引入云裳，且用料、裁剪、缝制均十分考究；她开启私人订制，革新服装面料，在款式上中西结合，很快就使云裳成为上海滩一流的时装公司。彼时，豪门名媛更皆以穿着云裳的衣服为荣。

如此的她，遂成了上海滩最赫赫有名的女银行家、女企业家。

弃她、厌她的徐志摩，在见了这样的她之后，忍不住跟小曼在信中如是赞誉她："C（张幼仪）是个有志气有胆量的女子，这两年来进步不少，独立的步子站得稳，思想确有通道……她现在真是'什么都不怕'。"

在做回了自己之后，张幼仪终赢得了徐志摩的尊重。

也是，在离开他之后，她的人生才有了鲜花和掌声。

反观志摩，跟张幼仪比却多了诸多的不如意。他终抱得陆小曼这个美人归，谁知爱情里的浪漫缠绵终抵不过婚姻里的柴米油盐，当初的轰轰烈烈、地动山摇终没能换来久处不厌。小曼吸食了鸦片，小曼沉迷舞会夜夜笙歌，小曼挥霍无度，如是等等，都让他们的生活处在一种拮据的紧张局面。

他们的风花雪月，终在世俗里成了俗事，归于人间烟火。

这样的志摩，张幼仪曾不计前嫌地接济过无数次，用志摩父亲徐申如的名义给补贴。不知那时的志摩，有无在心底盘算，是找一个浪漫貌美的女子过一生幸福，还是找一个过日子的貌凡的女子过一生幸福呢？

只是，幸福与否，此刻再无意义。

一九三一年十一月十九日，徐志摩搭乘回北平的飞机，因途中遭遇大雾飞机失事，不幸罹难。

彼时，小曼无力为志摩操持后事，是张幼仪大义地站了出来，带着儿子为徐志摩料理了后事。

志摩走后，她还在自家附近建了新房，接志摩的父母来住。

而关于志摩如何，她从未言说过只言片语。

事实上，在志摩去世后的五十年间，面对外界的纷纷揣度，她始终闭口不谈任何，亦不诉说自己的悲苦逆境，更不曾追讨过志摩的薄幸寡情。反而，她始终帮着徐父料理徐家产业，把徐家二老接到身边，颐养天年，养老送终，抚育徐积锴成人。

"江山有义，良人有靠"，她一个女子端的是有情有义！

* * *

爱情可以迟到，但幸福不会缺席，能与之偕老的人总是真正懂得自己的人。

在志摩离去的二十年后，张幼仪终于收获了自己的爱情幸福。

那时，她已定居香港。

楼下的邻居苏纪医生，深情地向她求了婚。

苏医生温和文雅，谈吐不俗，对她至情至性，懂她亦体贴她。

近情心怯的她，给儿子写信："儿在美国，我在香港，晨昏谁奉，母拟出嫁，儿意云何？"

徐积锴从美国的回信，枨触万端："母孀居守节，逾三十年，生我抚我，鞠我育我，劬劳之恩，昊天罔极……母职已尽，母心宜慰，谁慰母氏？谁伴母氏？母如得人，儿请父事。"

遂，张幼仪与苏医生在日本东京举行了婚礼。

那一年，她五十三岁，距与志摩离婚有三十一年之久。

婚后，她和苏医生，于一朝一夕的柴米油盐中，过寻常人家的小日子。如是，真好，若蚌和珍珠的结合。

彼此相伴二十年，苏医生于一九七四年离世，她则去了美国和儿子团聚，安度晚年。

一九八八年，八十八岁的张幼仪逝于纽约。

至此，她传奇的一生走完。

如果说，曾经的她于婚姻中经历遗憾和失败，那么，中年以后她的人生，却是可用完美来概括的。

利普斯基说过：不管怎样，你最终还是成了你自己。

诚然如此，在她身上完美应验。

一如她说过的："我要为离婚感谢徐志摩，若不是离婚，我可能永远都没有办法找到我自己，也没有办法成长。他使我得到解脱，变成另外一个人。"

图书在版编目（CIP）数据

做芳颜傲骨的女子 / 桑妮著. –– 南京：江苏凤凰
文艺出版社，2021.6
ISBN 978-7-5594-5783-7

Ⅰ.①做… Ⅱ.①桑… Ⅲ.①传记文学 – 作品集 – 中
国 – 当代 Ⅳ.①I25

中国版本图书馆CIP数据核字(2021)第067296号

做芳颜傲骨的女子

桑　妮　著

责任编辑	李龙姣	
策　　划	孙文霞　刘文文	
装帧设计		
出版发行	江苏凤凰文艺出版社	
	南京市中央路 165 号，邮编：210009	
网　　址	http://www.jswenyi.com	
印　　刷	唐山富达印务有限公司	
开　　本	880 毫米 ×1230 毫米　1/32	
印　　张	7.5	
字　　数	80 千字	
版　　次	2021 年 6 月第 1 版	
印　　次	2021 年 6 月第 1 次印刷	
书　　号	ISBN 978-7-5594-5783-7	
定　　价	49.80 元	

江苏凤凰文艺版图书凡印刷、装订错误，可向出版社调换，联系电话025-83280257